TURKEY

사진으로 보는 터키

2천 년의 수도, 이스탄불

비잔틴 제국과 오스만 제국의 수도였던 이스탄불.
현대 터키의 수도는 앙카라이지만 이스탄불은 지금도 터키의 중심 도시야.

1, 2 술탄 아흐메트 모스크, 술탄 아흐메트 모스크 내부 건물 안이 푸른 타일로 장식되어 있어 '블루 모스크'란 별명으로 불려.

3, 4 돌마바체 궁전 문, 돌마바체 궁전 내부 오스만 건축 양식에 유럽의 화려한 바로크 양식을 도입해 지었어. 터키의 초대 대통령인 아타튀르크가 집무실로 사용했지.

5 그랜드 바자르 둥근 지붕이 있는 거대한 시장이야. 오스만 제국 때부터 상업의 중심지였대.

6 아야 소피아 원래는 비잔틴 제국이 세운 교회였어. 오스만 제국이 모스크로 고쳐서 사용했고 지금은 박물관으로 남아 있어.

7 알만 체쉬메 1차 세계대전 당시에 동맹국이었던 독일이 터키에게 선물한 분수.

8 이스탄불 대학 국립 대학으로 터키 최고의 명문대야.

9 오르타쾨이 모스크 돌마바체 궁전이랑 건물 곡선이 닮았지? 바로크 양식으로 지었어.

10 지하 궁전 비잔틴 제국 때부터 오스만 제국 때까지 이스탄불의 물 저장고였어. 기둥과 천장의 건축 양식이 화려하여 궁전이라고 불리지.

11 지하 궁전 메두사 조각 지하 궁전의 기둥들은 대부분 고대 그리스 신전에서 가져온 거야. 보는 사람은 돌로 변한다는 전설이 담긴 메두사 머리가 조각된 기둥도 있어.

12 귈하네 공원 튤립 터키의 국화는 튤립이야. 매년 4월 초에는 튤립 축제가 열려.

13 보스포루스 해협 흑해와 마르마라 해를 연결하는 해협이야. 터키는 보스포루스 해협을 경계로 동쪽으로는 아시아, 서쪽으로는 유럽으로 나뉘어.

대자연이 빚은
터키의 아름다움

지중해, 에게 해, 흑해를 모두 품고 있는
터키는 축복의 땅이야.

1 **카파도키아** 어디서 본 듯하지? 신비한 풍경 덕에 영화 〈스타워즈〉에 등장했어.

2 **버섯 모양 바위** 개구쟁이 스머프가 사는 버섯집은 카파도키아의 바위를 본떴대.

3 **파묵칼레** 목화가 층층이 성을 이룬 것 같다고 해서 '목화성(파묵칼레)'이란 이름이 붙었어. 하얀 석회석 위로는 온천수가 흐른단다.

4 **악다마르 섬** '꿈의 도시'가 별명인 섬. 섬을 둘러싼 반 호수의 빛깔은 하루에도 수십 번씩 바뀐대.

5 **이즈닉** 이즈닉은 아름다운 호반 도시로 꽃문양 타일이 유명해.

6 **안탈리아** 돌벽과 항구 경치가 아름답지? 안탈리아는 지중해 연안의 휴양 도시야.

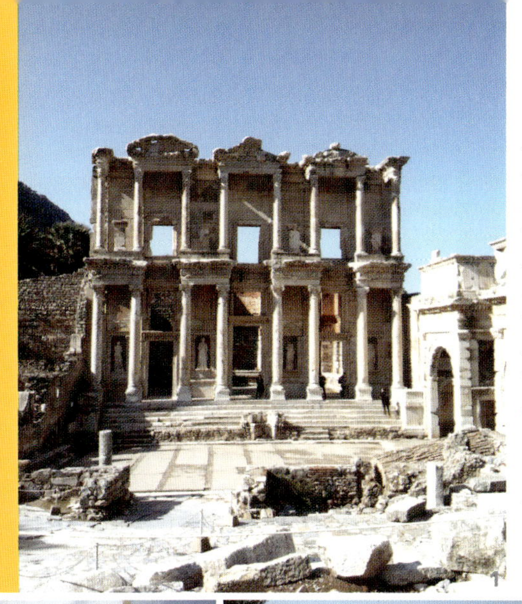

1 셀수스 도서관 에페스 유적지에 있는 로마 시대 최대의 도서관. 정면에서 보는 건물 구조는 2층이지만 도서관 내부는 3층으로 되어 있대.

2 이삭 파샤 궁전 톱카프 궁전 다음으로 규모가 큰 궁전. 18세기에 터키 동부 지방의 영주인 이삭 파샤가 셀주크, 오스만, 페르시아 건축 양식을 혼합해 지었대.

3 아르카디안 거리 에페스 유적지 입구에서 에게 해로 향하는 대로. 약 2천 년 전 도로변에는 상점들이 즐비했다고 해. 바닥엔 마차가 잘 굴러갈 수 있게 바퀴 홈도 파 놓았어.

4 사프란볼루 오스만 전통 가옥이 잘 보존되어 있는 마을이야. 붉은 지붕 집과 산비탈을 따라 나 있는 돌길이 예뻐.

5 넴루트다이 넴루트 산에 있는 콤마게네 왕국 안티오코스 1세 왕의 무덤. 무덤 뒤엔 그리스 신들의 조각상이 있어. 지진으로 떨어진 그리스 신들의 두상이 산꼭대기에 흩어져 있지.

인류 문명 박물관, 터키의 유적지

메소포타미아 문명이 시작된 곳,
터키에는 유네스코가 지정한 문화유산이 가득해.

다채로운 터키의 풍속

아프리카, 유럽, 아시아를 지배했던 오스만 제국은
세 대륙의 문화를 받아들여 자신만의 모습으로 발전시켰어.

1 카펫 터키의 대표적인 특산품. 카펫에 즐겨 쓰는 붉은색은 부와 행복, 기쁨을 뜻한대.

2 돌무쉬 터키의 마을버스야. 버스 정류장은 정해져 있지 않아. 돌무쉬가 지나는 곳에 서 있다가 손을 흔들어 타면 돼.

3 나자르 본죽 터키인들이 '악마의 눈'이라고 믿는 파란 돌이야. 악마의 눈이 악귀를 내쫓고 행운을 불러온다고 생각해 장신구로 만들어 지니고 다니지.

4 쉰넷(할례 의식) 터키 남자들은 14살이 되기 전에 포경 수술을 받아. 수술 전날에 소년들은 술탄 복장을 하고 모스크에서 기도를 드린단다.

5 벨리 댄스 벨리 댄스는 다산과 풍요를 상징하는 종교 의식이었어. 하늘과 땅의 기운을 내려받는다 해서 손을 올리고 내리는 춤 동작이 많아.

6 도자기 붉고 푸른 빛깔의 터키 도자기는 화려한 문양으로 관광객의 시선을 사로잡아.

7 고양이 양쪽 눈 색깔이 다른 오드 아이 고양이는 터키가 고향이래.

8 에샵 쓴 여자들 여자들이 머리에 두르는 스카프를 터키에선 에샵(히잡)이라고 한대. 보통 수수한 색을 쓰지만 명절이나 결혼식엔 화사한 색의 에샵을 해.

9 터키의 축구 응원 터키 사람들에게 축구 이야기를 꺼냈다간 밤을 꼬박 새우고 말걸. 터키인의 최고 관심사는 축구니까 말이야.

역사가 흐르는 터키의 신앙

터키는 국민의 99% 이상이 이슬람교도이지만,
초기 기독교 유물도 많이 남아 있어.

이슬람교의 경전인 코란

1, 2, 3 수멜라 수도원 가파른 절벽 위에 지어진 그리스 정교의 수도원이야. 수도원 내부 벽이 프레스코 화로 장식되어 있어.

4 샨르우르파 아브라함과 선지자 욥, 엘리야가 살았다고 해서 선지자의 도시라고도 해. 이곳을 찾는 순례자의 발길이 끊이지 않아.

5 세마 이슬람 교파인 메블라나 교단은 빙글빙글 춤을 추면서 신과 하나가 된다고 믿는대.

6 데린구유 초기 기독교인들이 박해를 피해 카파도키아에 만든 지하 도시야.

7 기도하는 무슬림 이슬람교도를 무슬림이라고 하는데 하루에 다섯 번씩 기도를 해. 남녀유별이 엄격해서 남자와 여자가 기도하는 공간은 따로 나뉘어 있어.

8 우두 기도를 드리기 전 몸을 청결히 하는 걸 우두라고 해. 손-입-코-얼굴-팔꿈치-머리-귀-목-발 순서로 3번씩 닦아. 우두를 생략하고 드리는 예배는 무효래.

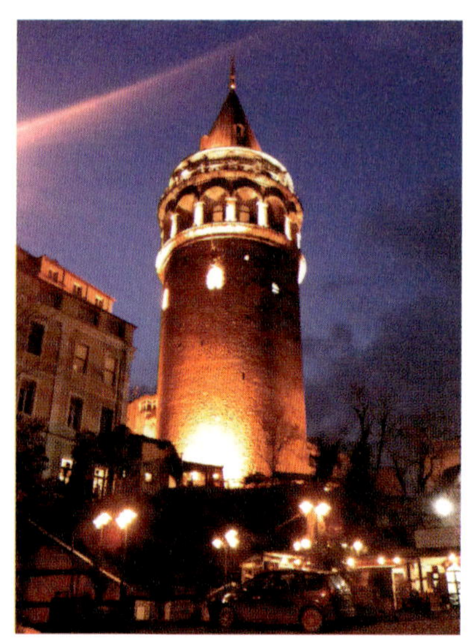

사진 제공
강수진, 김승환, 김지회, 김충섭, 신영아(blog.naver.com/soicantlive)
심형진, 주은정, 위키피디아

노빈손의 예측불허
터키 대모험

노빈손의 예측불허 터키 대모험

초판 1쇄 펴냄 2011년 7월 22일
초판 5쇄 펴냄 2016년 4월 15일

지은이 이영주
일러스트 이우일
펴낸이 고영은 박미숙

펴낸곳 뜨인돌출판(주) ㅣ 출판등록 1994.10.11(제2011-000185호)
주소 03176 서울시 종로구 경희궁1길 10-1
홈페이지 www.ddstone.com ㅣ 노빈손 www.nobinson.com
대표전화 02-337-5252 ㅣ 팩스 02-337-5868

ISBN 978-89-5807-182-2 03810
(CIP제어번호 : CIP2011002844)

노빈손의 예측불허 터키 대모험

이영주 지음 이우일 일러스트

뜨인돌

작가의 말

동양과 서양, 고대 문명과 현대 문화가 공존하는
신비의 땅 터키!

우리의 노빈손이 말이 필요 없는 환상적인 터키를 아직도 가 보지 못했다는 말에 저는 깜짝 놀랐습니다. 그리고 결심했습니다. 노빈손을 모스크와 터번, 카펫의 나라에 보내자. 그곳에서 푸른색이 천상의 빛처럼 쏟아지는 아름다운 블루 모스크를 만나게 하자. 영화 〈스타워즈〉의 촬영지가 된 카파도키아, 지중해와 흑해 연안의 신화 속으로 퐁당! 빠지게 하자. 저는 그때부터 온몸이 근질거리기 시작했습니다. 어서 빨리 노빈손과 함께 새로운 모험을 떠나고 싶어서 말입니다.

결국 짐을 꾸리고 말았네요. 물론 빈손이를 따라서요. 비잔틴 제국을 무너뜨리고 지중해와 중앙아시아, 아프리카 대륙까지 지배한 어마어마한 오스만 제국의 발걸음을 좇아서 말이죠. 그리고 제국사의 중요 페이지를 장식했던 왕위 계승에 얽힌 무시무시한 음모와 함정 속으로 빠져들어가 보려 합니다.

신과 인간의 사랑이 넘치는 땅, 터키! 자연의 압도적인 아름다움과 그리스·로마 신화, 그리고 이슬람과 초기 기독교의 흔적들이 모두 이곳에 모여 있습니다. 다양한 세계 문화의 축소판이지요. 여러 민족이 섞이고, 여러 문화가 서로 융합하면서 이방인이라는 개념 자체가 사라진 땅. 노빈손은 이곳에 와서 깨닫습니다. 모든 문명은 서로 통하고 있다는 것을. 그리고 터번을 벗어 던지며 자신감으로 충만해졌죠. 네 가닥 머리카락이 얼마나 돋보이는 개성인지 알았거든요!

우리의 노빈손에게 오스만 제국은 어떻게 다가왔을까요? 초원을 누비며 기상을 드높인 오스만인들에게 빈손이도 질 수 없었습니다. 왜냐하면, 노빈손이야말로 초원보다 더 드넓은 세계 곳곳을 탐험한 최고의 모험가이니까요.

이제 노빈손과 함께 상상을 뛰어넘는 신비로운 세계로 떠나자구요! 터번과 히잡을 쓰고, 화려한 카펫을 타고 고고씽!

이영주

TURKEY

노빈손

정복 전쟁이 한창인 오스만 제국의 막사에 떨어진 노빈손. 시작부터 전쟁터라니! 어찌어찌 전쟁을 치르고 한숨 돌린 것도 잠시, 어리바리 술에물탄 왕자 때문에 치열한 술탄 계승 다툼에 뛰어드는데……. 도대체 내 고생 복은 왜 이리 차고 넘치냐고.

나말숙

멋진 벨리 댄서가 되기 위해 터키로 떠났으나 뜬금없이 오스만 제국 시대의 카펫 공장에 취직했다. 삼시 세끼를 모두 먹을 만큼 터키 케밥에 흠뻑 빠져 오늘도 다이어트는 포기다. 과연 벨리 댄스를 배웠는지는 의문.

술에물탄 왕자

이렇게 하면 어머니가 기뻐하시니까, 저렇게 하면 어머니한테 혼나니까, 자기 주관 없이 마마 보이로 사는, 아니 그렇게 살아야만 했던 오스만 제국의 왕자. 사실은 술에 물 탄 듯, 물에 술 탄 듯 풍류를 즐기며 마음대로 살고 싶어!

사부 파울

길을 가다 마주치면 저절로 피하고 싶은 인상으로 땟물이 줄줄 흐른다. 하지만 진짜 정체는 모든 것을 꿰뚫어 보는 현인일지도 모른다! 왕자 교육이라는 명목 아래 보물이라는 미끼를 던져 황후 쿠렘, 술에물탄 왕자, 노빈손, 그리고 무스타파 왕자까지 덥석 낚는다.

술레이만 1세

능력 있는 술탄. 지혜의 왕이라 칭송 받으며 오스만 제국을 최고의 강대국으로 만들었다. 신하들과 왕자들에게는 냉정하지만 황후의 콧소리에 힘을 못 쓰는 로맨티스트이기도 하다.

황후 쿠렘

우아함의 종결자. 하지만 황후의 우아한 목소리를 듣는 사람들이 모두 공포에 질리는 건 왜일까? 만약 황후의 목소리에 애교가 담뿍 담겨 있다면 술탄과 함께 있는 것. 자신의 아들을 술탄의 자리에 올리기 위해 오늘도 애쓴다.

무스타파 왕자

엘리트 교육을 받은 왕자이자 저돌적인 성격과 남자다운 당당한 외모를 지닌 오스만 제국의 엄친아. 그에게 부족한 단 두 가지는 호탕한 웃음소리와 아버지의 사랑.

미마르 시난

영감이 떠오를 때마다 때와 장소를 가리지 않고 설계도를 그리는 것이 특기이자 취미. 노빈손의 기이한 낙서를 보고 첫눈에 반한다. 그가 노빈손에게 건넨 양피지에 담겨 있는 비밀은?

무스바른 케말

오스만 제국 시대의 모던 보이이자 카펫 공장 사장. 외모 따윈 따지지 않으며 운명적인 사랑을 기다리는 이 사나이가 반한 여인은 바로 말숙이! 피치 못하게 노빈손과 삼각관계를 이루는데, 과연 이 사랑의 결말은?

프롤로그

촤촤촤!

푸른 어스름이 가라앉고 있는 골든혼이 한눈에 내려다보이는 언덕이었다. 바람과 옷깃이 부딪히는 소리가 허공을 울렸다. 봄기운이 완연한 따스한 저녁이었다. 골든혼의 양쪽 제방을 따라 늘어선 모스크와 건물들에서는 하나둘씩 불이 켜졌고, 골든혼 끝 보스포루스 해협에서 이따금 뱃고동 소리가 은은하게 들렸다. 평화로운 풍경 속에서 바닷바람만이 옷자락을 이리저리 헤치며 심술궂게 굴었다. 여인은 바람을 막아 보려는 듯 히잡을 단단히 그러모았다. 여인의 손길은 우아했지만 눈빛은 칼날처럼 날카롭게 빛났다.

"왜 이렇게 늦었어?"

여인의 낮은 음성이 고요한 언덕을 휘감았다.

"오래 살다 보니 다시 뵐 날이 오는군요."

바람에 백발을 사방팔방으로 흩날리며 한 노인이 깊게 허리를 숙였다. 진심을 담은 정성스러운 인사였다. 허리를 숙여도 노인의 머리칼은 위로 뻗쳐 있었다.

"뻗친 머리는 여전하네. 그런데 완전히 하얗게 변했어. 예전에는 그래도 반쯤은 검은 머리였잖아. 하긴, 세월을 거슬러 나날이 어려지고 미모가 발전하는 사람은 나밖에 없을걸."

과연 여인은 시골 아낙의 모습을 하고 있지만 낡은 히잡 사이로 얼핏 보이는 고운 피부와 붉은 입술, 형형한 눈빛은 감출 수가 없었다. 이십 대 아가씨라고 해도 믿을 모습이었다. 다만 말투에서 느껴지는 기품과 눈가에 아주 살짝 잡히는 주름살만이 그리 적지 않은 나이를 말해 주고 있었다.

노인은 거침없이 껄껄껄 웃었다.

"솔직히 말씀드리면 지금은 그렇게 젊어 보이시진 않습니다."

"뭐? 내가 늙어 보인단 말이야? 내가 고향 우크라이나를 떠나 이곳 오스만 제국에 노예로 끌려와서 어떤 세월을 살았는지 그대가 알기나 해? 세월 좋게 여기저기 떠돌며 풍류나 즐겼으면서! 그런데 나보고 뭐? 늙었다고?"

"물론 절대 동안이시지요. 제 말은 아주 살짝 피곤해 보이신다는 뜻입니다."

"흥! 내가 얼마나 기를 쓰고 관리하고 있는데? 거기다 피 말리는 암투의 시간을 견뎌 낸 걸 감안해 봐! 난 아직도 소녀 같다는 소리도 듣는다고!"

여인은 주름이 생길까 봐 얼굴 근육을 당기며 속사포같이 말을 쏟아냈다. 사실 여인은 얼굴 근육 운동을 다른 사람의 코앞에서 절대 들키지 않게 하는 요령을 이미 터득하고 있었다.

"얼마나 힘드셨습니까?"

노인이 알아주자 여인이 갑자기 울컥했다.

"족욕도 하고 화장도 하면서 미모만 가꾸면 되는 게 아니라고! 책도 읽어야 하고 정치 감각도 키워야 하고 음악도 듣고 미술에 대한 조예도 길러야 한다고! 얼마나 공부를 많이 해야 하는지 알아? 그런데 다른 건 다 노력한 대로 얻었는데……, 내 아들 문제만은 뜻대로 안 돼."

여인은 떨리는 목소리를 진정시키려 애썼다.

아무리 우크라이나에서 노인과 가족처럼 지냈다고 해도 절대로 약한 모습을 보이면 안 된다.

카리스마는 한번 무너지기 시작하면 걷잡을 수 없다.

여인은 냉정을 되찾고는 도도하게 고개를 쳐들었다.

"아무래도 내 아들이 후계자가 될 수 있을지 걱정이야. 그 아이가 후계자가 되지 못하면 나도 그 아이도 끝장이지. 그 아이의 이복형이 후계자가 되면 나중에 우리를 그냥 두지 않을 테니까. 알겠어? 어떤 상황인지?"

"정말 그리 걱정되십니까?"

노인은 여인의 얼굴을 살폈다. 무엇이 여인을 노예의 굴레에서 구해 주고 지금의 자

이슬람 여인들은 외출할 때 머리와 목 등 상체를 가리는 두건 모양의 히잡을 착용한다. 히잡은 이슬람교의 경전인 코란에 나오는 전통 복장으로 지역, 종교적 성향, 계층 등에 따라 모양과 색이 다양하다. 검은색 천으로 얼굴을 제외한 전신을 가리는 차도르는 주로 이란 여성들이 입고, 눈을 제외한 전신을 가리는 니캅은 파키스탄과 예멘, 모로코의 여성들이 입는다. 아프카니스탄 등에서는 눈 부분도 망사를 이용해 가린 부르카를 입는다.

리에 올려 주었는지 잘 알고 있다. 그것은 최악의 상황에서라도 기어코 해결 방법을 찾아내고야 마는 투지와 오기, 집요한 근성이었다.

"그래서 그대를 만나자고 한 것이야. 방법을 생각해 보라고."

"흠……, 한 가지 방법이 있긴 하지요. 아주 훌륭한 후계자로 만들 수 있는 방법이."

여인의 목소리가 높아졌다.

"그래? 어떤 방법인데?"

"아주 귀한 보물을 찾는 겁니다. 황금보다 더 가치 있고 의미 있는 보물을요. 아드님을 제게 보내십시오. 제게 다시 아드님을 가르칠 수 있는 기회를 주십시오."

노인은 먼 곳을 바라보았다. 바람의 근원을 찾으려는 듯 신비로운 눈빛이었다. 노인이 저런 시선을 할 때에는 무언가 깊은 생각이 있을 때였다.

여인은 자기도 모르게 하얗고 긴 손가락을 이마에 가져갔다. 여인은 무언가 의심스러울 때마다 이마를 긁는 습관이 있었다.

"보물이라……."

"제가 이렇게 도움을 드리는 것도 이번이 마지막입니다. 저는 사람들을 구원하기 위해 떠도는 자입니다. 이 일이 끝나면 다시 떠날 것이고, 제가 죽기 전에 또 뵐 수 있을지 모르겠습니다."

이스탄불의 톱카프 궁전에는 오스만 제국의 위용을 나타내는 보물들이 많이 전시되어 있다. 황금으로 만든 술탄의 의자, 금투구와 루비, 에메랄드로 장식된 단검, 보석 물병, 세계에서 가장 큰 86캐럿짜리 다이아몬드를 볼 수 있다. 또 사도 요한의 뼈와 두개골, 모세의 지팡이 등과 같은 기독교 유물과 사우디아라비아의 메카에서 가져온 예언자 마호메트의 망토, 칼, 깃발 등과 같은 이슬람교 유물이 나란히 전시되어 있다.

노인은 단호하게 말했다.

"그래, 그대에게 내 아들을 보내지. 잘 부탁하네."

고요한 밤, 여인과 노인의 대화는 그쯤에서 뚝 끊어졌다. 이제는 밤바람이 여기저기 먼지 소용돌이를 만들고 있었다. 그 먼지 속을 뚫고 노인과 여인은 각자의 길로 사라졌다.

나, 이런 나라야! 터키 프로필

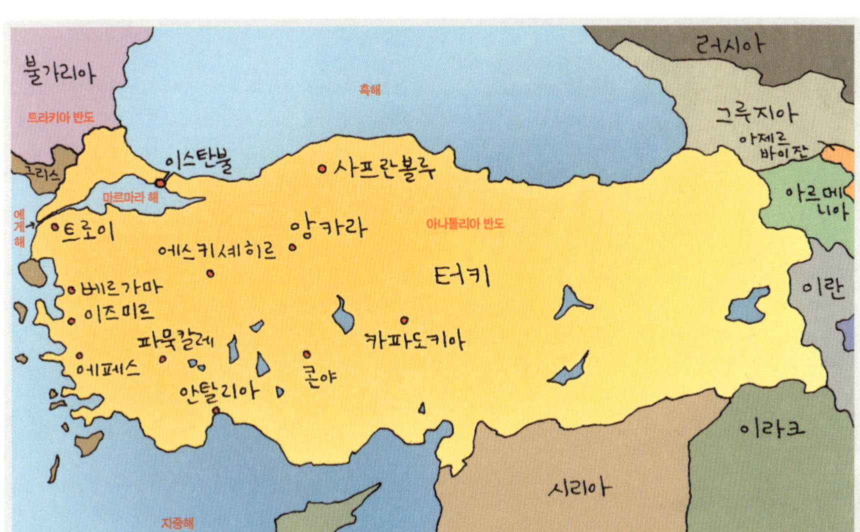

위치 : 아시아 대륙 서부
수도 : 앙카라
예전 수도 : 이스탄불
정부 형태 : 공화제
언어 : 터키어, 쿠르드어, 아랍어

기후 : 지중해성 기후, 대륙성 기후
통화 : 터키 리라(TL)
종교 : 이슬람교 99.8%(헌법상 정치와 종교 분리)
면적 : 783,562km^2(한반도의 약 3.5배)
인구 : 약 7,681만 명(2010년 기준)

예전 수도인 이스탄불 지도

터키 국기 오스만 제국의 국기를 바탕으로 만들어졌으며 초승달과 금성이 함께 어울린 모습이다.

● ● 터키는 어느 대륙일까?

유럽과 아시아, 두 대륙을 잇는 통로에 터키가 있어. 소아시아라고 불리는 아나톨리아 반도와 유럽 대륙의 동남부 쪽에 있는 트라키아 반도가 터키 땅이지. 사실 아나톨리아 반도가 터키 국토의 97%를 차지하고 트라키아 지역인 유럽 쪽은 3%밖에 안 돼. 하지만 예나 지금이나 터키의 중심지는 트라키아 쪽이고 터키인들은 터키가 유럽 연합(EU)에 속하길 바라고 있어.

● ● 터키의 지형과 기후는?

터키는 삼면이 흑해, 에게 해, 지중해로 둘러싸인 반도야. 동쪽은 산맥이 많고, 서쪽은 지대가 낮은 초원이 많지. 터키의 기후는 사계절이 뚜렷하고 대체로 온화하지만 지방에 따라 다르게 나타나.

남서쪽 해안 지방은 지중해성 기후로 여름에 덥고 건조하지만 겨울에는 따뜻하고 비가 많이 내려. 동부 내륙 지방은 대륙성 기후로 여름엔 아주 덥고, 겨울에는 매우 춥다고 해.

•• 터키 땅을 거쳐 간 유구한 역사는?

인류 최초의 도시 ⋯⋯ 터키의 중부 지방 콘야에서 '차탈회위크'라는 인류 역사상 가장 오래된 집단 주거지 중의 하나가 발견되었어. 기원전 6800~5700년경 신석기 시대에 만들어진 것으로 추측하는데 약 5,000~1만 명 정도가 모여 살았대. 재미있는 점은 집의 출입구가 지붕으로 나 있고 집들이 벌집처럼 서로 붙어 있다는 거야. 집 내부 벽에는 소머리 조각 등을 장식하기도 했어.

차탈회위크 발굴 모습

차탈회위크 집 내부 복원 모습

히타이트 제국 ⋯⋯ 기원전 2000년경에 아나톨리아 반도를 최초로 통일한 나라가 나타났어. 인류 최초로 제철 기술을 사용했던 히타이트 제국이야. 철제 무기와 전차를 앞세워 거침없이 세력을 확장하다가 남쪽의 이집트와 맞붙어서 10년 동안 전쟁을 했지. 결국

히타이트의 전차

지친 두 나라는 전쟁을 그만두기로
하고 인류 최초의 평화 조약인 '카
데시 조약'을 맺지.

카데시 조약의 내용을 새긴 점토판

그밖의 왕국들 ···▶ 히타이트 제국
이 멸망한 뒤, 고르디온(오늘날 터키 중서부
지역에 있는 에스키셰히르)을 수도로 삼은 프리기아 왕국이 아나톨리아 반
도의 서쪽과 남쪽을 장악했어. 프리기아 왕국은 손을 대는 것마다 황금
으로 변하게 했다는 전설을 가진 미다스 왕의 나라이지. 실제로 1950년
에 미다스 왕의 고분이 발견되기도 했어. 한편 고대 그리스의 도시 국가
들은 아나톨리아 반도의 에게 해 연안(에페스, 히에라폴리스, 이즈미르, 베르
가마 등)에 진출하여 이오니아 문명을 일으켰어. 그리스인들은 아테네에
서처럼 신전, 아고라, 원형 극장 등을 세웠는데, 터키에는 그 모습이 보
존된 유적들이 잘 남아 있지. 수학자 피타고라스, 「일리아드」를 지은 시
인 호메로스, 의사 히포크라테스도 이 지역에서 활동했대.

이즈미르의 아고라 유적

히에라폴리스의 원형 극장

로마인의 전성시대 ⋯→ 기원전 1세기경부터 로마 제국이 아나톨리아 반도에 진출했어. 고대 그리스의 도시 국가들은 로마의 도시가 됐지. 그때 최고의 전성기를 누린 도시가 에페스야. 하드리아누스 신전, 공중목욕탕, 셀수스 도서관, 공중화장실, 원형 극장 등이 지금도 거의 그대로 남아 있지. 에페스는 기독교를 전파한 사도 바울이 활동한 곳이기도 해. 초창기 로마 제국은 기독교를 탄압하다가 콘스탄티누스 대제가 313년에 기독교를 공인하지. 그리고 330년에 콘스탄티노플(지금의 이스탄불)로 수도를 옮겨. 그러다가 395년에 비잔틴 제국(동로마 제국)과 서로마 제국으로 분열됐어. 서로마 제국은 476년에 멸망하지만 비잔틴 제국은 아나톨리아 반도를 다스리며 그 뒤 천 년간 더 위세를 떨쳐.

셀수스 도서관의 천장 장식

비잔틴 제국 시대의 모자이크 화

셀주크 제국 ⋯→ 튀르크족은 원래 중앙아시아에 살던 유목민이었어. 그중 한 부족인 셀주크 튀르크가 10세기경 사마르칸트(오늘날 우즈베키스탄의 도시) 부근으로 이동하여 셀주크 제국을 세웠어. 셀주크 제국은 서쪽으로 세력을 넓혔는데 1071년 반 지역의 호수 근처에서 벌어진 비잔틴 제국과의 전투에서 대승을 거둔 뒤 아나톨리아 반도에 본격적으로 진출했지. 그런데 튀르크족은 이미 8세기 무렵에 아랍 제국의 아바스 왕조로부터 이슬람교를 받아들였어. 기독교 세력권인 비잔틴 제국이 다스리고 있던 아나톨리아에 이슬람교가 전파되기 시작한 거지.

셀주크 제국의 확장 모습

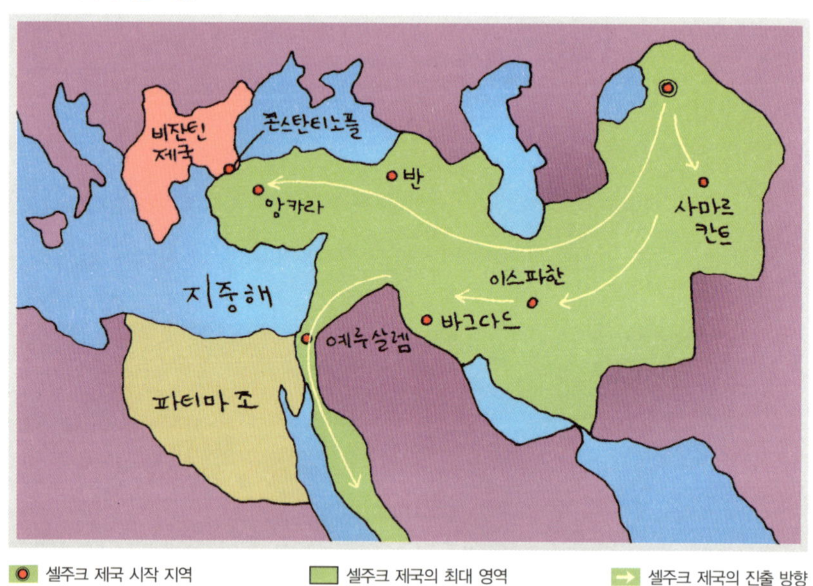

◉ 셀주크 제국 시작 지역　　■ 셀주크 제국의 최대 영역　　➡ 셀주크 제국의 진출 방향

●● 터키어로 인사해 볼까

Merhaba [메르하바] 안녕하세요?

Günaydin [귀나이든] 아침 인사

Iyi akşamlar [이이 악샴라르] 저녁 인사

Iyi geceler [이이 게젤레르] 밤 인사

Teşekkür ederim [테쉐퀴르 에데림] 감사합니다

Allahaısmarladık [알라하으스마를라득] 안녕히 계세요

Affedersiniz [아페데르시니즈] 미안합니다

Çok guzel [촉 규젤] 정말 예뻐요

1
오스만 제국의 정복 전쟁

동양 의사 노빈손

"으으으……."

화려한 장식이 달린 터번을 쓰고 금박 문양이 새겨진 초록색 옷을 입은 남자가 침상에 비스듬히 누워 신음소리를 내고 있었다. 침상 옆에서 타오르는 촛불의 빛은 희미했지만 방 안을 가득 채웠다. 불빛은 남자의 신음소리에 따라 일렁이는 듯했다.

'여기가 어디지? 저 사람은 누구지?'

노빈손은 눈을 깜빡이며 얼른 정신을 차리려고 애썼다. 또 시작인가? 거울 앞에 서서 뵈르크를 쓰고 모델 워킹을 좀 했을 뿐인데. 벨리 댄스를 본토에서 배우겠다며 터키로 떠난 말숙이가 선물로 보내온 뵈르크였다. 어쩐지 처음 뵈르크를 볼 때부터 느낌이 이상하더라니!

노빈손이 상황 파악을 미처 하기도 전에 둥실둥실 풍성한 밑단의 바지를 입은 남자가 난데없이 나타났다. 그러고는 노빈손의 팔을 잡아채더니 침상에 누워 있는 남자 앞으로 확 떠밀었다.

"왕자님, 의사가 도착했습니다."

"네?"

"왔으면 빨리빨리 어떻게 좀 해 봐! 죽을 것 같아……."

이 남자들은 노빈손을 의사라고 여기고 있는 것 같았다.

'가만! 내가 뵈르크를 썼으니 터키로 왔을 것 같은데……. 이 사

람들 옷차림도 어디선가 본 것 같아.'

눈이 희미한 불빛에 익숙해지고 보니 이곳은 방 안이 아니라 게임이나 영화에 나오는 전쟁터의 막사 안 같았다. 그때 노빈손의 머릿속에 번개처럼 떠오르는 게임 장면이 있었다. 남자들이 입고 있는 옷은 비잔틴 제국 군대와 싸우던 오스만 제국 병사의 옷과 아주 흡사했다!

'비잔틴 제국은 결국 콘스탄티노플을 지키지 못했지.'

딴 생각에 빠져 있던 노빈손은 옆구리를 아프게 쿡쿡 찔러 대는 손길에 현실로 돌아왔다.

"얼른 치료해! 왕자님께서 아파하신다!"

노빈손은 어쩔 수 없이 왕자의 얼굴을 살펴보았다. 왕자는 얼굴이 하얗게 질려 있었고 눈을 감은 채 이마를 찡그리고 있었다. 손으로는 연신 가슴을 쳤다. 왕자의 모습에 과식한 말숙이의 모습이 겹쳐졌다.

'증상은 체했을 때랑 똑같은데.'

빈손은 고개를 갸웃했다. 먼저 손바닥을 눌러서 확실하게 확인해 봐야 했다. 노빈손은 왕자의 손을 조심스럽게 잡고 엄지와 검지 사이에 움푹 파인 곳을 꾹 눌렀다.

"으악!"

왕자가 소스라치게 비명을 질렀다.

"체한 게 확실하네요. 일단 바늘이랑 실,

오스만 제국의 특수 부대인 예니체리의 병사는 하얀색 천으로 만들어진 머리 보호대인 뵈르크를 쓰고 다녔다. 뵈르크 안의 머리털은 정수리 부분에 한 움큼만 남겨 놓고 박박 밀었다고 한다. 전쟁터에서 패배하여 적에게 포로가 되었을 때 적이 그 머리털 뭉치를 잡고 목을 자르기 쉽게 하기 위해서였다.

그리고 술을 좀 가져오세요.”

노빈손은 근엄하게 보여야겠다는 생각에 목소리를 쫙 깔았다.

“아니, 옷을 꿰매는 것도 아니고? 거기다 술은 왜?”

둥실둥실 바지는 구시렁대면서도 물건들을 가져왔다.

노빈손은 바늘을 옆에 있는 촛불에 넣어 끝을 달군 뒤, 식히고 소독도 할 겸 술에 담갔다. 그리고 손으로 왕자의 어깨에서 손등까지 쓸어내리고 실로 왕자의 엄지손가락을 꽁꽁 묶었다. 아파서 정신이 반쯤 나간 상태의 왕자는 노빈손이 하는 대로 몸을 맡기고 있었다.

바늘을 손에 쥔 노빈손은 조선 최고의 명의, 허준이 된 것 같은 착각에 빠졌다. 그래서 왕자의 엄지손톱 아래 부분을 겨냥해 내리찍기 전에 허준의 눈빛으로 바늘을 잠시 노려보는 것을 빼먹지 않았다.

“으악! 으아악!”

손가락을 찌르자 왕자의 비명이 2단으로 높아졌다. 왕자의 손가락에서 몽글몽글 검은 피가 배어 나왔다.

“으아아～악!”

피를 보자 왕자의 비명은 3단 고음으로 쭉 올라갔다. 둥실둥실 바지는 즉각 노빈손에게 달려들어 팔을 뒤로 꺾었다.

“왜 이래요? 이거 놔요!”

“왕자님한테 무슨 짓을 한 거냐!”

"아, 체했을 때는 손을 따면 바로 낫는단 말이에요."

노빈손이 둥실둥실 바지와 옥신각신하고 있을 때, 막사 안으로 병사들과 턱수염을 곱게 빗은 노인이 들어왔다.

"왕자님께서 편찮으시다는 소식을 듣고 급히 왔소만."

노인은 노빈손과 둥실둥실 바지가 서로 붙잡고 있는 모습에 멈칫했다. 노빈손은 머리를 굴렸다.

'이렇게 최단 시간에 들키는 건가? 내가 21세기 한국에서 왔다고 하면 미쳤다고 하겠지? 저 무시무시한 칼로 바로 내려칠지도 몰라.'

팽팽한 긴장감이 자라나 방 안을 가득 채웠다. 턱수염 노인이 입을 열어 긴장감을 깨뜨렸다.

"너는 누구지?"

"앗! 저는……, 저는……."

둥실둥실 바지가 노빈손의 입을 막았다.

"자객임이 분명합니다. 바늘로 사정없이 왕자님의 손가락을 찌르더라고요. 참! 왕자님! 괜찮으십니까?"

둥실둥실 바지는 그제서야 왕자의 엄지 손가락을 붙들고 손수건으로 피를 닦았다. 왕자는 연신 가슴만 치고 있을 뿐이었다.

"저 녀석을 묶어라!"

턱수염 노인이 신속하게 명령했다.

병사들이 일사천리로 노빈손을 에워싸고

칼을 꺼내 겨누었다. 다음 순간 노빈손은 온몸이 꽁꽁 묶인 채 바닥에 내동댕이쳐졌다.

"아, 저는 그냥……, 동양 의학을 공부한 사람으로서 왕자님이 체하신 것 같아 손을 좀 따 드렸을 뿐인데……."

"잠깐만. 꺼억~!"

그때 시원한 트림을 내뿜으며 왕자가 천천히 일어나 병사들 앞으로 걸어왔다. 백짓장처럼 하얗던 왕자의 얼굴은 핏기가 돌아와 어느

새 정상인의 낯빛을 띠고 있었다.

"앗, 술에물탄 왕자님! 괜찮으십니까?"

둥실둥실 바지는 왕자를 얼른 부축했다. 턱수염 노인도 조심스럽게 술에물탄 왕자에게 다가갔다.

"왕자님, 제가 잠시 살펴봐도 될까요?"

턱수염 노인은 왕자의 눈을 뒤집어 보기도 하고, 입 안을 들여다보기도 하고, 귓불을 잡아당겨 보기도 했다.

술에물탄 왕자는 귀찮은 듯 턱수염 노인의 손길을 뿌리치고는 노빈손에게 다가왔다.

"네 정체가 뭐냐?"

노빈손은 고개를 들어 술에물탄의 얼굴을 똑바로 바라보았다.

"뭔가 신묘한데? 잠깐 따끔하더니 속이 정말 시원해졌어."

노빈손은 왠지 살 길이 보이는 것 같았다.

"아, 그게 체하신 거 같아서, 응급 처치를 한 거예요. 제가 의사는 아니지만 생활 의학 상식은 좀 알거든요."

"오호, 그래?"

술에물탄은 호기심이 가득한 표정을 지었다.

"너 마음에 든다. 외모도 친근한 게."

노빈손은 이때다 싶었다. 왕자와 친해지면 죽지는 않겠지. 조잘조잘 수다를 늘어놓기 시작했다. 우리나라에서는 이 정도는 누구나 알고 있는 상식이니까.

"동양과 무역 많이 하시죠? 동양에 있는 한국, 아니 조선의 의학에 따르면요, 체했을 때는 손끝을 따서 피를 빼 주면 막혀 있던 피가 돌고 혈액 순환이 잘 된다고 해요. 그래서 시원해진 거예요. 사실 심장, 간, 콩팥, 쓸개, 위, 장, 허파 등등의 기관은 모두 손과 발에 연결되어 있어요. 세심하게 손바닥과 발바닥을 꾹꾹 눌러 보면 어디가 안 좋은지 다 알 수 있죠. 그게 바로 제가 왕자님의 병을 고친 원리랄까……."

노빈손의 이야기가 길어지자 술에물탄은 하품을 하며 둥실둥실 바지를 향해 손가락을 까딱했다. 둥실둥실 바지는 얼른 달려와 술에물탄의 손을 꾹꾹 주물렀다.

깜짝 작전

"치사하게 묶은 거나 좀 풀어 주고 가지!"

술에물탄 왕자는 노빈손을 막사에 내버려 두고서 몸소 적진을 염탐한다며 가 버렸다. 선심 쓰듯이 노빈손에 대한 조사를 미루라고 말해 준 게 다였다.

마침 옆 막사에서는 무엄하다 장군의 주재로 작전회의가 열리고 있었다. 그런데 지휘관들은 모여서 웅성대기만 할 뿐 누구 하나 확실한 전략을 내놓지 못했다. 전투의 총책임자인 무엄하다 장군은 병사들의 희생을 최소한으로 줄이고 지략으로 전투에서 승리할 수 있는 방법을 찾고 싶었다.

"지금 우리 예니체리 부대원들은 많이 지쳐 있다."

무엄하다 장군의 말에 한 지휘관이 볼멘소리로 대꾸했다.

"아가, 제국의 영광을 위해서라면 모두 몸 바치기로 각오한 거 아닙니까? 그렇게 몸을 사려서야 어디 전쟁에서 이기겠습니까?"

무엄하다 장군은 답답해서 가슴을 쿵쾅쿵쾅 쳤다.

"전쟁은 무조건 이겨야 하는 거야. 입으로는 누가 못 이기나? 우리의 결정에 목숨이 왔다 갔다 하는 어린 병사들을 생각해야지. 그럼 자네가 앞장서서 적들을 몰살하지 그래?"

말을 꺼낸 지휘관은 갑자기 시선을 딴 데로 돌리고는 헛기침을 했다. 막상 특공대의 선두에 선다고 생각하니 자신이 없었다. 몸도 무겁고, 훈련도 많이 빼먹어서 무술 실력도 예전 같지 않았다. 뒤에서 함성 지르며 지휘하는 건 자신 있는데.

'쩝. 적진에 들어가는 건 젊은 것들이 해야지, 암.'

지휘관은 멀뚱하니 막사 천장만 바라보았다.

모두가 생각에 빠진 가운데 어디선가 기묘한 소리가 들려왔다.

뿡! 꺽꺽! **뿌붕! 뿌부뿡!**

처음에는 조심스럽게 시작된 소리가 점차 커지더니 막사를 뒤흔들고, 천 리 밖까지 뻗어 나갈 정도로 큰 진동음을 몰고 왔다. 모두가 깜짝 놀라 경계 태세를 취하며 웅성거렸다.

"이게 무슨 소리냐! 밖에 무슨 일이야?"

무엄하다 장군의 호통에 막사 앞에서 보

초를 서던 병사가 헐레벌떡 들어왔다.

"아가, 실은 아까 의사를 사칭했던 외계인 같은 녀석이 방귀랑 트림을 연속적으로다가……, 소리가 완전 대단합니다!"

"뭐라?"

부동자세를 취하며 병사가 놀란 얼굴로 보고를 하는 와중에도 노빈손이 내뿜는 방귀—트림, 트림—방귀의 2종 세트 소리는 멈출 줄 몰랐다.

"당장 녀석을 끌고 와라!"

노빈손이 막사 안으로 들어오자 퀘퀘한 냄새가 막사 안에 가득 퍼졌다. 노빈손은 어찌할 바를 모르고 고개를 숙였다.

"장군님, 제가 일부러 그런 것은 아니고요. 장이 좀 안 좋아서요."

노빈손이 기어 들어가는 목소리로 변명을 했다.

오스만 제국으로 오기 전에 집에서 보리밥 2그릇에 삶은 계란 5개를 뚝딱 먹고 와서 그런가? 내 소화 기관은 지나치게 활발하게 운동한단 말이야.

무엄하다 장군은 문득 한 가지 작전이 섬광처럼 떠올랐다.

"흠……."

무엄하다 장군은 초롱초롱한 눈빛으로 빈손을 바라보면서 솥뚜껑 같은 손으로 노

예니체리 부대는 10명, 100명, 1,000명 단위로 조직되었다. 10명씩 한 막사 안에서 가족과 같이 생활했고 100명, 1,000명 단위마다 지휘관이 있었다. 예니체리 부대 전체를 통솔하는 장군은 아가라고 불렸는데 예니체리 부대는 술탄의 직속 친위 부대였기 때문에 다른 군대의 장군보다 더 막강한 권력을 가졌다. 그런데 예니체리 부대는 그 권력이 너무 막강해져 17세기부터는 반란을 일으켜 술탄을 죽이거나 폐위시키기도 했다.

빈손의 배를 꾹 눌렀다. 노빈손은 결국 또다시 방귀를 뿡, 터뜨리고
말았다.

"에구…… 죄송합니다! 어쩜 좋아요. 윽."

노빈손은 울고 싶어졌다.

"네 놈의 장운동은 완전 강력하구나. 너의 이 능력으로 이번 작전
의 선봉에 서면 내가 왕자님께 특별히 말씀드려 널 풀어 주겠다."

"네? 정말이세요?"

"무엄하다! 두 번 묻지 마라. 난 한번 입 밖으로 내뱉은 말은 반드시 지킨다."

노빈손은 귀가 번쩍 뜨였다. 전쟁터에 나간다는 게 무섭긴 했지만, 이미 온갖 나라를 모험하며 산전수전 공중전을 다 겪지 않았는가?

'후훗, 내 덕분에 승리한 전쟁이 몇 번이었더라? 앗, 의외로 별로 없네. 난 주로 짐짝 취급을 받았었지. 난 가늘고 길게 살고 싶은데

어째서 매번 전쟁인 것이냐!'

노빈손은 얼른 고개를 저으려고 했지만 무엄하다 장군의 눈빛에 눌려 울며 겨자 먹기로 고개를 끄덕였다.

 어둠 속의 문어 머리

"어머나!"

볼일을 보러 수풀 속을 헤치고 들어가던 헝가리 보초병은 깜짝 놀랐다. 자욱한 안개 속에서 이 세상의 것이 아닌 것 같은 희뿌연 덩어리가 둥둥 떠다니고 있었던 것이다.

문어 머리처럼 생긴 그 덩어리를 보자 보초병은 발이 떨어지지 않았다. 으슥한 밤, 정체를 알 수 없는 공포가 온몸을 휘감았다. 그때였다.

꺽, 꺼꺼걱, **빵, 빠빵, 뿡뿡!**

천지를 진동하는 소리가 울려 퍼졌다. 보초병은 소리를 질렀다.

"비상! 비상! 전투 준비! 전투 준비!"

막사 안에서 잠들었던 병사들이 깨어 우왕좌왕했다. 지휘관들은 회의를 하다 말고 막사 밖으로 뛰쳐나왔다.

"장군님! 우리가 공격당하고 있는 거 아닙니까?"

"당장 경계 태세를 갖추어라!"

그러나 아무도 어떤 일이 일어났는지 정확히 알 수가 없었다. 대포도 날아오지 않았고 총알도 날아오지 않았다. 다만 정체를 알 수 없는 소리와 천천히 퍼지는 고약한 냄새만이 진지를 휘감을 뿐이었다. 소리와 냄새가 어디서 터져 나오는지 방향도 좀처럼 가늠할 수 없었다.

꺽, 꺼꺼걱, **빵빠라빵, 빠빵, 뿡뿡!**

다시 한 번 기묘한 소리가 헝가리군 진지를 뒤흔들었다. 병사들은 서둘러 전투 대열을 갖추면서 웅성댔다.

"참, 소문을 들은 것 같아. 오스만 제국에는 신비하고 무시무시한 괴물이 있다지."

"나도 들었어. 그래서 오스만 제국이 매번 이기는 거라며?"

언제 어디서 무엇이 나타날지 몰랐기에 병사들은 잠들지 못하고 밤새도록 경계 근무를 해야 했다.

그 가운데서 소문이 만들어지고 살이 붙

어 금세 퍼지기 시작했다. 병사들은 긴긴 밤의 끝을 잡고 누가 누가 이야기를 더 무섭게 하는지 내기라도 하듯이 괴물 이야기를 만들어 냈다.

그렇게 해서 최종적으로 결정된 괴물의 모습은 팔다리가 짧고 머리 둘레는 20미터가 넘는 문어였다. 그 문어 괴물은 백만 명을 질식시킬 수 있는 가스도 내품었다.

적군들의 이야기 속에서 자신이 문어 괴물로 등장하는 줄도 모르고 노빈손은 조심조심 후퇴했다. 특별 부대로 긴급 편성된 방귀 부대 소대원들과 함께였다. 노빈손은 얼떨결에 방귀 부대의 대장으로 임명된 것이다. 방귀 부대는 공포감을 조성해서 적군의 사기를 떨어뜨리고 밤 내내 잠자지 못하게 하는 임무를 맡았다.

신속하고 일사분란하게 방귀를 뀐 뒤 적군의 병사들이 우왕좌왕하며 대열을 정비할 때 풀숲 사이를 헤치며 빠져나왔다.

노빈손은 어둠 속에서 머리통이 눈에 더 잘 띄도록 정수리 부분에 선크림을 번들번들 잔뜩 발랐었다. 말숙이가 유통기한이 좀 지났지만 괜찮을 거라며 준 선물이었다.

'말숙아, 네 덕분에 작전 성공이야. 네가 잘했다고 내 머리를 쓰다듬어 주는 것만 같아.'

모든 이슬람교도들은 알라를 위해서 전쟁도 기꺼이 치러야 한다는 성전 의식(지하드)을 지니고 있다. 이슬람교를 전파하기 위해서는 무력을 사용해도 된다는 것이다. 특히 기독교의 중심 세력인 비잔틴 제국과 맞닿아 있던 오스만 제국은 자신들을 이슬람 세계의 국경을 지키는 수호자로 생각하고 있었으며, 지하드를 내세워 거침없이 유럽을 공격했다.

노빈손은 오래된 선크림의 곰팡이 때문에 정수리가 간지러운 건
줄은 전혀 알지 못했다.

 ## 적군을 유인하라

스스슥―.

예니체리 부대 병사들은 조심스럽게 풀숲을 헤치며 움직였다. 주
변은 고요했다. 아직 헝가리군이 어디까지 왔는지 가늠할 수 없었
다. 하지만 이제 곧 늪 앞쪽 수풀에 적군이 당도할 것이다. 이따금
사람들에 놀란 새들이 푸드득! 하늘로 날아올랐다.

오늘의 결전이 앞으로 전쟁의 흐름을 바꿀지도 모른다. 그리고
오늘 승리하면 이스탄불로 돌아갈 수 있다.

오스만 제국의 병사들은 계속 마음을 다잡고 있는 중이었다.

노빈손은 정식 전투복을 입은 자신의 모습에 대놓고 감탄하고 있
었다. 머리에는 말숙이가 사 준 뵈르크까지 썼다.

'역시 인물이 되니까 옷이 사는군. 내가 제일 멋진 것 같은데?'

그러나 주변을 둘러보고는 노빈손의 심장이 급격하게 뛰기 시작
했다. 병사들 모두 비장한 표정이었기 때문이다. 주위를 감도는 긴
장감과 두려움이 엄청난 무게로 노빈손을 짓눌렀다.

'방귀 작전까지 성공시켰는데 이번 전투에 또 목숨을 걸어야 하
는 거야?'

　　노빈손이 투덜댔지만 무엄하다 장군은 작전을 마무리하라며 노
빈손을 전투에 참가시켰다. 어젯밤에 잠을 못 잔 헝가리군이 정말
피곤해하는지 확인해 봐야겠다나.

　　'그래도 뭐, 내 능력이 필요하다면야.'

　　노빈손은 새삼 어느 곳에서나 빛을 발하는 자신의 능력에 감탄하
며 무엄하다 장군 옆에 꼭 붙어 있었다. 사실은 장군 옆에 붙어 있어
야 덜 무서웠다.

"쉿! 조용조용 움직여!"

정찰병의 신호로 부대원들은 천천히 다시 움직이기 시작했다. 노빈손은 무엄하다 장군이 움직일 때마다 똑같은 자세를 취했다.

"무엄하다! 좀 떨어져 걷지 못하겠느냐? 너 때문에 걷지를 못하겠다."

장군은 3센티미터도 안 되게 꼭 붙어 있는 노빈손을 밀어 내며 속삭였다.

"아유, 왜 그러세요, 아가님. 저는 나름대로 아가님의 전략에 맞게 행동하는 중이라고요."

노빈손이 속삭였다.

'장군을 아가라고 부를 게 뭐람.'

노빈손은 살짝 소름이 돋았다. 하지만 뒤에서 보기에 둘의 대화는 마치 연인 사이처럼 다정하기 그지없었다. 젊은 지휘관들은 그 친밀한 모습이 영 마뜩치 않았다.

"아가한테 아양 떠는 꼴 좀 봐."

"방귀 작전이 성공했는지 실패했는지 모르는 마당에 저렇게 기고만장하다니!"

"오스만 제국의 자부심, 예니체리 부대에 저렇게 개나 소나 다 들어와도 되는 거야?"

젊고 패기 넘치는 장수들은 거칠 것 없는 용맹함과 귀신같은 전투능력, 술탄에 대한

자존심 건드리지 마라

터키인들은 세계 최강의 대국 오스만 제국의 후예라는 것을 대단히 자랑스럽게 생각하고 있다. 특히 자존심이 강해서 자존심을 상하게 한 사람과는 절대 무슨 일이든 같이하지 않는다. 잘못했다는 말도 잘 하지 않는데 약하고 비굴한 행동이라고 생각하기 때문이란다. 그렇지만 정도 많아 손님을 친절하게 대접하고 처음 본 사람이라도 형님, 누나, 형수님, 아버지 등 친척 관계의 호칭으로 부른다.

충성을 교육받아 왔다. 외부와 단절된 채 강도 높은 군사 훈련을 받은 게 몇 년째인가. 특히 무엄하다 장군은 자신의 병사들을 엄격하게 훈련시키는 것으로 유명했다.

한데 이런 예니체리 부대에서 저 희한하게 생긴 녀석을 내세운 방귀 작전은 부대의 체면에 맞지 않아 마뜩치 않았다. 그런데 최고 지휘관인 무엄하다 장군 옆에 붙어서 쫓아다니는 꼴이라니.

여기저기서 쏟아지는 눈총에 노빈손은 뒤통수가 유난히 따가웠다.

1킬로미터 넘게 이동한 뒤, 병사들은 민첩하게 풀숲 사이로 엎드렸다. 적군이 언제 다가올지 몰라서 모든 무기는 가장 예민한 상태로 장착되었다.

한편, 술에물탄 왕자는 머리를 쥐어뜯고 싶은 심정이었지만 하늘을 찌를 듯이 높이 감긴 터번 때문에 그럴 수가 없었다.

본부 막사 안에서는 몇 명의 지휘관들이 술에물탄의 눈치를 보고 있었다.

"아니, 그러니까, 내가 염탐을 다녀온 사이에 무엄하다 아가가 벌써 진격했단 말이야? 나도 기다리지 않고?"

"상황이 급박했습니다. 무엄하다 아가는 적군이 피곤한 틈을 타 공격하기 위해 부대를 비밀 장소로 이동시키고 왕자님을 기다리고 있는 겁니다."

한 지휘관이 술에물탄을 달래듯이 조심스럽게 말을 꺼냈다.

"왜 다들 나를 어린애 취급하는 거야? 무엄하다 아가는 내 보고도 받지 않고 가 버렸잖아. 하긴 내가 염탐을 갔던 곳에는 이미 헝가리군은 없었지만. 혹시 나를 떼어 놓으려고 엉뚱한 데 보낸 거 아니야? 내가 귀찮으니까?"

'눈치는 빠르네.'

지휘관들은 일제히 뜨끔했다. 그러거나 말거나 술에물탄은 모든 사람에게 다 들릴 정도의 큰 목소리로 혼잣말을 시작했다.

"이번 전투에서 내가 큰 공을 세워야만 하는데……. 아아, 진짜 전쟁은 별로야. 제국의 영광을 빛내는 방법은 전쟁뿐인 것일까?"

술에물탄은 사실 전쟁에는 관심이 없었다. 술에 물 탄 듯, 물에 술 탄 듯 흘러가는 대로 여유롭게 마음대로 살고 싶을 뿐이었다. 하지만 이번 전투에서는 공을 세워야만 했다. 그렇지 않으면 어머니 쿠렘 황후의 닦달을 어떻게 견딜지 자신이 없었다. 또 결정적인 순간에 검을 높이 들고 적을 무찌르는 자신의 용맹함을 아버지인 술탄에게 보여 주고 싶은 마음도 있었다.

술에물탄이 불안한 손길로 군사 지도를 착 펼쳐 들 때, 병사 하나가 막사로 급하게

터키의 마상 무예 '질리트'
질리트는 터키의 전통 무예이다. 감나무나 버드나무 껍질을 벗겨 말린 것으로 70~100cm의 질리트라는 창을 만들어서 시합을 한다. 두 팀으로 나뉘어 서로 100m가량 떨어진 후 마주 보고 서서 북과 피리 소리가 울리면 시합을 시작한다. 시합 중 선수들은 날아오는 질리트를 피하기 위해 말 옆에 숨는 등 온갖 묘기를 선보이기도 한다.

뛰어 들어왔다.

　"왕자님, 이제 전투 채비를 갖추고 출발하셔야 합니다!"

　병사는 숨이 넘어갈 듯 헉헉댔다. 술에물탄은 지도를 던져 버리고 벌떡 일어섰다. 지휘관들도 일제히 다 같이 일어났다.

　"자, 출발하자!"

　술에물탄은 뵈르크를 쓰고 막사를 뛰쳐나갔다. 그리고 오스만 제국에서 두 번째로 빠른 말 '후폭풍'의 등 위로 사뿐히 올라탔다.

　"후폭풍아, 자 달리자! 잘생긴 술에물탄의 명성을 위해 세계를 누비자!"

# 그쪽이 아니라니까요!

　술에물탄 일행은 무엄하다 장군의 수신호에 따라 수풀에서 빠져나왔다. 술에물탄 일행은 납작 엎드려 천천히 이동해서 전투 장소에 도착한 뒤 부대와 조용히 합류했다. 무엄하다 장군은 술에물탄 왕자에게 경의를 표하고서 작전을 설명하기 시작했다.

　"왕자님, 이번 작전에서는 제 명령을 꼭 따라 주십시오. 잠시 후 달빛이 저 수풀 쪽으로 기울면 모두 일어나 소리를 지르며 북쪽으로 달려야 합니다. 왕자님께서 앞장서시겠죠?"

　"무엄하다 아가! 뭐 찔리는 거 없어? 이런 식으로 유야무야 넘어가겠단 말이지?"

"황송하지만 그게 무슨 말씀이신지?"

"나를 빼놓고 부대를 이동시켰잖아!"

"왕자님, 군대에는 지휘 체계가 있는 법입니다. 이번 전투의 총지휘자는 접니다. 아무리 왕자님이시라 해도 이번 전투에서는 저의 명령을 따르셔야 합니다. 상황을 확인하지도 않고 염탐을 떠나신 왕자님의 잘못을 덮어 드린 건 오히려 접니다."

논리 정연한 무엄하다 장군의 말에 술에물탄은 할 말이 없었다. 무안함에 갈 곳을 잃고 방황하던 술에물탄의 눈길에 노빈손이 딱 걸렸다.

"앗! 너는 그 가짜 의사! 내가 풀어 주라고 한다는 걸 깜빡했네."

'뭐야, 나는 죽을 둥 살 둥 방귀 작전인지 뭔지도 펼쳤는데, 나를 까먹고 있었단 말이야? 진작 풀어 줬으면 전쟁에 이렇게 안 끼어들어도 되잖아.'

노빈손은 술에물탄의 건망증에 가슴을 쳤다. 그때 무엄하다 장군이 노빈손의 팔을 꼬집었다.

"왕자님께 얼른 인사드리지 않고 뭐 하느냐?"

노빈손은 벌떡 일어나 한쪽 무릎을 꿇고 오른손을 착 가슴에 댔다. 앗, 이건 중세 시대 유럽 기사 스타일인데? 순간 실수했나 싶었지만 얼렁뚱땅 엎드린 자세로 바꾸었다.

"왕자님의 은혜로 제가 방귀 부대를 이끄는 영광을 얻었습니다. 왕자님께서 저를 묶어 두시지 않았다면 방귀 작전은 이루어지지 않았을 테니까요. 대오스만 제국의 병사로서 전투에 참가하다니 영광입니다."

순식간에 아부 모드로 전환한 자신의 순발력에 감탄하며 노빈손은 고개를 들었다. 그러자 왕자가 꼿꼿하게 허리를 펴고 있는 모습이 눈에 걸렸다.

"그런데, 왕자님. 몸을 더 낮추셔야 할 것 같습니다."

노빈손은 자기도 모르게 왕자의 팔을 잡아끌었다.

"너 죽고 싶냐? 내 몸에 감히 손을 대다니. 나는 왕자다."

술에물탄이 눈꼬리를 올리고 입가를 씰룩거리며 엄한 표정을 지었다. 노빈손은 화들짝 놀라 손을 뒤로 거두었다.

앗! 실수다. 또 묶이려나?

"저는 그냥 단지……."

"한 번 봐줄게. 나는 왕자다. 내가 봐준다면 또 문제가 없지."

술에물탄이 장난기 어린 표정으로 씩 웃었다.

노빈손은 따라 웃어야 할지 말아야 할지 몰라 입꼬리만 억지로 올린 애매한 표정을 지었다.

　어느새 무엄하다 장군은 두 사람은 신경 쓰지도 않고 부대원들을
재배치하고 있었다.

　대열 정비가 끝나자 무엄하다 장군이 손을 치켜들었다. 병사들이
일어나려는 준비 자세를 취했다. 장군이 손을 힘껏 내리자 거대한
함성과 함께 수천의 병사들이 수풀을 헤치고 벌떡 일어났다.

　와아!

　부대의 병사들이 함성과 함께 횃불을 높이 치켜들었다. 그러자 앞쪽 가까운 곳에서 헝가리군들의 함성이 울려 퍼졌다.

와아아!

역시 무엄하다 장군의 작전대로 적군이 술에물탄 왕자 일행의 뒤를 쫓아온 것이 틀림없었다. 술에물탄 왕자에게는 알리지 않았지만 적군의 첩자에게 술에물탄 일행에 대한 정보를 슬쩍 흘려 따라오도록 했던 것이다. 작전상 적군은 오스만 군대와 마주 보는 위치에 자리를 잡아야 했기 때문이었다.

곧 시퍼런 검을 앞세우고 적군의 선봉대가 곧바로 오스만 진영을 치고 들어왔다. 곳곳에서 일대 혈전이 벌어졌다. 챙, 하며 칼날과 칼날이 부딪치는 소리가 어두운 땅과 하늘을 흔들었다.

"자, 다음 단계로 돌입하라!"

무엄하다 장군이 손을 번쩍 들고 외쳤다. 장군 옆에 있던 병사는 긴 나팔을 불었다. 이 신호를 시작으로 오스만 제국의 병사들은 대열을 갖추어 퇴각하기 시작했다. 수풀 너머를 향해 달린 것이다.

무엄하다 장군은 술에물탄 왕자에게 신호를 보냈다.

"자, 왕자님, 이제 적군을 이쪽으로 유인하셔야 해요. 아셨죠?"

술에물탄 왕자는 화려한 칼집에서 서슬 퍼렇게 날이 서 있는 칼을 천천히 뽑았다.

번쩍, 하고 달빛에 광채가 났다. 오스만 제국의 최고 장인이 만든, 왕족만이 가질 수 있는 황금 손잡이가 달린 검이었다.

"후폭풍! 적군 장수의 목을 베러 가자!"

술에물탄은 후폭풍의 옆구리를 힘껏 찼다. 콧김을 내뿜으며 후폭풍이 번개처럼 달리기 시작했다.

"아이고, 왕자님! 적군 장수의 목을 베는 게 아니고요~, 유인하시라니깐요~."

노빈손의 목소리는 술에물탄 왕자를 쫓아가다 바람 소리에 묻혀 버렸다.

"저들이 퇴각한다!"

적군은 밤새 경계 근무를 서느라 밤을 꼬박 새워 피곤했지만 자신들이 이기고 있다고 생각하자 득의양양해졌다.

전설의 괴물은 무슨.

적군은 오스만 군대의 뒤를 쫓았다.

적군의 지휘관은 비장하게 검을 빼어 들고 홀로 이쪽으로 달려오는 술에물탄을 보자 순간 고민에 빠졌다.

화려한 전투복과 눈이 부신 검의 광채, 최고의 명마가 오스만 제국의 왕자임을 만천하에 광고하고 있었다.

"저건 왕자 복장인데? 다른 병사들은 뒤로 물러나고 있는데 미치지 않고서야 왜 혼자 이쪽으로 달려오지?"

적군의 지휘관은 잠을 못 잔 탓인지 머리가 멍해서 아무 생각도 나지 않았다. 그 지휘관이 혼란스러워하고 있을 무렵 술에물탄 왕자도 자기 뒤에 따라오는 병사들이 한 명도 없다는 것을 깨닫고 당황했다.

'헉! 이건 아닌데!'

술에물탄 왕자는 얼른 말머리를 돌려 오스만 군대가 달려가는 쪽으로 달리기 시작했다. 적군의 지휘관도 사태를 파악하고 곧 술에물탄을 쫓기 시작했다.

"오스만 제국의 왕자를 잡자!"

와아아!

지휘관을 따라 적군의 병사 한 무리도 술에물탄 왕자를 쫓아왔다. 허나 도저히 후폭풍을 따라잡을 수 없었다. 마음이 급해진 적군의 지휘관은 술에물탄 왕자에게 칼날을 날렸다.

"앗!"

마침 술에물탄 왕자가 달려오는 쪽에 서 있던 노빈손은 외마디 비명과 함께 들고 있던 횃불을 적군의 지휘관이 날린 칼 쪽으로 던졌다. 그런데 횃불은 그만 빗나가 후폭풍의 엉덩이에 직격탄으로 맞고 말았다.

히히힝~.

후폭풍은 깜짝 놀라 방향을 틀었다.

"헉!"

술에물탄이 떨어지지 않으려고 '후폭풍'의 등에 바짝 붙었다.

그때 적군 지휘관의 칼이 아슬아슬하게 술에물탄을 비켜 갔다. 술에물탄의 온몸에 식은땀이 흘렀다.

'휴우. 죽을 뻔했네.'

술에물탄은 콩알만 해진 간을 다스리며 숨을 깊게 쉬었다.

헝가리군은 오스만 군대와 술에물탄 왕자를 쫓아 더욱 가까이 왔다. 오스만 병사들은 슬렁슬렁 싸우며 조금씩 더 뒤로 물러났다.

"제3단계로!"

다시금 병사의 나팔 소리와 함께 무엄하다 장군의 고함이 터져 나왔다. 오스만 병사들은 뒷걸음을 치다 말고 수풀 뒤쪽을 향해 달렸다.

헝가리군은 승리감에 취해 바짝 따라붙었다. 오스만 병사들은 수풀 지대가 끝나는 곳에서 갑자기 옆길로 방향을 틀었다. 물론 술에물탄 왕자와 노빈손도 함께였다.

으아악!

헝가리군이 수풀을 헤치고 달려 나온 자리에는 거대한 늪이 먹이를 기다리는 한 마리 괴물처럼 입을 벌리고 있었다.

늪을 미처 보지 못한 적군들은 한꺼번에 그 입 안으로 빨려 들어갔다. 허우적거릴수록 더욱 헤어나기가 어려웠다. 온갖 장식이 달린 쇠로 된 갑옷 때문이었다. 갑옷의 무

늪지대 전투의 진짜 주인공은 술에물탄 왕자가 아니라 술레이만 1세이다. 1526년 술레이만 1세는 유럽으로 세력을 넓히기 위해 친히 군대를 거느리고 헝가리를 습격했다. 술레이만 1세는 늪과 평원으로 이루어진 모하치 평원을 전쟁터로 선택하여 헝가리의 주력 부대인 기병대를 유인한 다음 포위해 몰살시켰다. 비까지 내리자 헝가리 병사들은 물에 젖은 무거운 갑옷을 이기지 못하고 대부분 늪에 빠져 익사하고 말았다. 지형과 날씨가 술레이만 1세를 도운 것이다.

게를 이기지 못한 헝가리군은 정신을 차리기도 전에 늪 아래로 끝없이 끌려 들어갔다.

'문어 괴물이 오스만 제국을 도와 헝가리군을 모두 늪으로 끌어당겼대.'

그날 이후 문어 괴물에 대한 소문은 주변국들 사이로 퍼져 나갔고 오스만 제국은 더욱 더 공포의 대상이 되었다.

•• 오스만 제국의 시작

13세기 몽골 제국의 침략을 받은 셀주크 제국의 세력이 점차 약화되자 튀르크 부족은 각기 나라를 세웠는데 그 가운데 오스만 부족이 있었어. 1299년 나라를 세운 오스만은 아나톨리아 북서부 지역의 부르사를 정복하고 수도로 삼은 뒤 점차 영토를 넓히기 시작했지. 아나톨리아 동쪽과 남쪽에 있던 다른 튀르크 국가들을 정복하고 유럽의 발칸 반도까지 진출하여 비잔틴 제국의 영토를 대부분 빼앗았어. 그 결과 비잔틴 제국은 콘스탄티노플과 그 근처로 영토가 줄어들었고 유럽 쪽과 연결이 끊어졌지.

오스만 제국의 확장 모습

•• 오스만 제국의 전성기

　오스만 제국은 4대 술탄 바예지드 1세 때 중앙아시아의 몽골족이 세운 티무르 제국의 침략을 받아 그 기세가 한풀 꺾였어. 그러다 1453년 7대 술탄 메흐메트 2세가 콘스탄티노플을 함락하고 비잔틴 제국을 멸망시키면서 유럽, 아시아, 아프리카를 공략하기 시작했지. 9대 술탄 셀림 1세 때는 시리아, 이란, 이집트를 정복했어. 10대 술탄 술레이만 1세 때는 헝가리, 이라크의 바그다드, 아라비아 반도 남부, 페르시아 만, 아프리카 북부의 튀니지와 알제리 등을 손에 넣었고, 해군력을 키워 베니스와 스페인의 연합 함대를 격파했지. 이로써 오스만 제국은 유럽 지역에 큰 위협이 됐어. 술레이만 1세 이후에도 오스만 제국은 키프로스 섬과 크레타 섬, 흑해 주변 지역까지 진출했어.

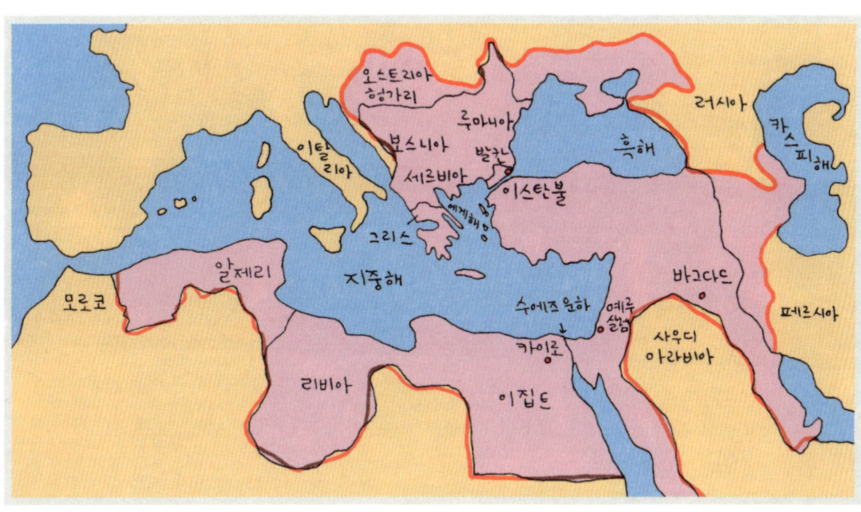

오스만 제국의 최대 영토

나는 오스만 제국을 이렇게 다스렸다!

7대 술탄, 정복자 메흐메트 2세

콘스탄티노플을 점령한 오스만 제국의 아버지

12살이 됐을 무렵, 나의 아버지 무라드 2세는 나한테 술탄의 자리를 떠맡기고는 지방으로 내려가 버렸어. 그때 어린 나를 우습게 본 교황이 십자군을 조직해서 침략해 왔지 뭐야. 나는 하는 수 없이 아버지에게 도움을 요청했고 아버지는 다시 술탄이 되었지. 폐위된 나는 지방에 쫓겨나 있었지만 한시도 내가 술탄이 아니라고 생각한 적은 없었어. 비잔틴 제국의 수도 콘스탄티노플을 내 손으로 무너뜨리는 꿈을 꾸었지. 1451년, 나는 19살에 술탄의 자리에 다시 오르면서 본격적으로 정복 전쟁에 나섰어. 그리고 1453년, 마침내 콘스탄티노플을 함락하고 비잔틴 제국을 멸망시켰지.

나의 업적은 영토 확장

나는 콘스탄티노플에 이스탄불이라는 이름을 붙인 뒤 오스만 제국의 수도로 삼았어. 그리고 '정복자(파티히)'라는 별명답게 오스만 제국의 영토를 크게 넓혔지. 그리스의 펠로폰네소스 반도와 아나톨리아 북서부의 트라페주스 제국(지금의 트라브존)을 손에 넣어 흑해를 지배했지. 게다가 1478년엔 이스탄불에 톱카프 궁전도 완공했다고.

 # 술레이만 1세

오스만 제국 사상
최고의 통치자

나는 1520년에 술탄의 자리에 올랐어. 아버지 셀림 1세가 중동 지역을 정복하고 이슬람의 최고 지도자인 '칼리프' 지위도 획득하는 등 기반을 잘 닦아 놓은 덕분에 더욱 적극적으로 정복 활동에 나설 수 있었지. 제일 기억에 남는 건 늪지대 전투로 유명한 모하치 전투에서 헝가리 군대를 격파하고 헝가리 땅을 대부분 점령한 일이야. 그때부터 온 유럽이 내 이름만 들어도 벌벌 떨었다고 하더군. 유럽 사람들은 이교도라며 이슬람 국가들을 무시하는 경향이 있는데 나한테만은 '대제'라는 호칭을 붙여 주었어. 나의 백성들은 나를 '입법자'라고 부르며 존경하지.

나의 업적은 영토 확장과 문화 발전

내 업적을 일일이 말하려면 정말 숨 차. 영토만 넓힌 게 아니거든. 가장 자랑할 수 있는 건 언어·문화가 지역마다 다른 광대한 제국을 효율적으로 다스리기 위해 술탄의 법인 『술레이만 법전』을 만든 거야. 확실한 기준을 세우자 백성들의 생활은 안정되었고 경제도 발전했어. 내가 46년 동안 13차례나 해외 원정을 떠났어도 불평불만이 없을 정도로 말이야. 예술 활동도 활발하게 후원한 덕분에 오스만 제국만의 특색 있는 문화도 발전시켰다니까.

11대 술탄, 술주정뱅이 셀림 2세

난 위대한 대제 술레이만 1세의 아들이야. 바로 이 책의 주인공이지. 나는 아버지의 발끝도 따라잡지 못했지만 나름 노력했어. 지중해의 키프로스 섬을 정복하기 위해 레판토 해전도 치렀다니까. 그런데 오스트리아, 베네치아, 스페인의 연합 함대의 대포가 그렇게 화력이 좋을 줄 몰랐어. 레판토 해전에서 대패했기 때문에 나에 대한 평가가 더 야박한 것 같기도 해. 어떤 역사가들은 레판토 해전을 기준으로 세계사의 주도권이 유럽 쪽으로 완전히 넘어갔다고도 하지. 하지만 그 뒤에도 오스만 제국의 군대는 강력했고 지중해의 패권도 계속 지켰다고. 키프로스도 결국 손에 넣었단 말이야. 물론 내 시대 이후로 오스만 제국이 점차 쇠락했다는 것은 인정할 수밖에 없지만.

나의 업적은 딱히 없어서 신세한탄이나 할까 해

누가 나를 '술주정뱅이'라고 부르는 거야? 내가 술독에 빠져 산 것도, 아버지에 비해 무능한 것도 사실이긴 하지만. 그래도 오스만 제국이 몰락한 건 나 때문만은 아니야. 오스만 제국은 술탄 계승 과정이 불안정해서 왕자들 사이에 피를 부르는 다툼이 허구한 날 치열했다고! 내부가 이렇게 분열되는데 나라가 잘 될 리가 있겠어?

2

비밀 임무 전문가, 노빈손

이스탄불 입성

예니체리 부대는 어느덧 수도 이스탄불 근처 성벽에 다다랐다. 최종 목적지는 술탄이 있는 톱카프 궁전이었다.

"왕자님께서 적군을 잘 유인해 주신 덕분입니다."

"왕자님, 정말 탁월한 전략이셨습니다."

무엄하다 장군이 정복지에 남았기 때문에 이스탄불까지 군대를 통솔하게 된 술에물탄 왕자는 여기저기서 칭송을 듣느라 바빴다. 아부가 약간 섞여 있다고 생각했지만 그래도 기분이 좋은 술에물탄 왕자였다.

"노빈손, 너는 왜 아무 말이 없어? 내가 멋지다는 말은 그렇게 꾹 참지 않아도 돼."

"왕자님, 입은 삐뚤어졌어도 말은 똑바로 하랬다고, 사실은 소 뒷걸음질치다가 쥐 잡으신 거잖아요."

"너, 죽고 싶냐?"

술에물탄 왕자는 씩 웃었다. 노빈손은 겁먹지 않았다. 저런 웃음을 지을 때면 다음에 나올 대사는 뻔했다.

"한 번 봐줄게. 나는 왕자다. 목숨을 걸고 직언을 한 충신을 죽일 수야 없지."

그때 메흐테르 군악대가 북을 둥둥 울렸다. 저절로 몸을 들썩이게 하는 트럼펫 소리도 잇달았다. 드디어 이스탄불 시내로 진입한 것이다.

빨간 옷을 입은 군악대원들 사이에서도 유독 튀는 빨간 옷을 입은 지휘자는 봉을 하늘로 힘껏 던졌다가 잡아 핑글핑글 돌렸다.

시민들이 모두 나와 손을 흔들고 꽃을 건네주며 박수를 쳤다. 히잡으로 눈물을 훔치는 여자들도 있었다. 환영받는 군대의 틈에 끼어 있는 노빈손도 절로 어깨가 으쓱거렸다.

'개선장군이 이런 기분이구나.'

이스탄불이 고향인 것만 같은 친근감도 들었다.

"너는 왕자의 친구다. 그러니 내 옆에 앉아."

술에물탄은 노빈손을 옆자리에 앉혔다. 군악대의 연주는 톱카프 궁전의 첫 번째 관문인 제국의 문에 이를 때까지 계속되었다. 제국의 문을 통과하자 제1정원이 나왔고, 그곳에서 예니체리 부대는 휴식을 취했다.

 ## 하렘에서 만난 여인

"엄마~!"

커다란 짐짝처럼 수레에 실려 있던 노빈손은 위를 덮은 천을 살짝 들어 밖을 살폈다. 도대체 이런 혀 짧은 목소리는 어디서 들려오는 것인가? 노빈손은 다섯 손가락을 오글오글 오므려 마구 흔들고 싶은 심정이었다.

천을 좀 더 들어 보니 걸을 때마다 샤라락 소리가 날 것만 같은 하늘하늘한 비단옷을 입고 작은 욕조에 발을 담그고 있는 여인이 보였다. 술에물탄 왕자는 다섯 살 어린아이처럼 폴짝거리고 있었다.

"우리 왕자님, 무사히 돌아와 다행입니다."

우아함의 표본이라고 할 만한 여인의 목소리가 방 안에 울렸다. 하지만 우아함 속에 폭풍 같은 카리스마도 느껴졌다.

그렇다. 이곳은 톱카프 궁전 깊숙한 곳에 있는 하렘이었다. 술탄의 여인들이 거주하는 곳이었기에 남자들의 출입이 엄격하게 제한된 곳이었다.

술에물탄이 톱카프 궁전 구경을 시켜 주겠다며 노빈손을 여기저기 끌고 다니다가 하렘까지 데려온 것이다.

"숨소리도 내면 안 돼! 들켰다간 넌 바로 죽은 목숨이야."

노빈손은 목숨까지 걸고 구경하고 싶지 않다고 극구 사양했으나, 술에물탄은 굳이 노빈손을 천으로 돌돌 말고 수레에 실어 짐처럼 위장했다.

'왕자의 권한으로 당당하게 들여보내 주면 어때서? 쳇.'

술에물탄은 수레를 밀고 신나게 왕자들의 교실, 내부 정원, 맛있는 냄새가 풍기는 부엌 등을 지나 황후 쿠렘의 방까지 왔다.

'발 저려! 배고파! 나가고 싶어!'

노빈손의 소리 없는 아우성을 아는지 모르는지 술에물탄은 애교 삼매경에 빠져 있었다.

"어마마마! 내 활약으로 전쟁에서 승리했어염. 예니체리 부대도 내가 인솔해서 데려왔지 뭐양! 나 잘했쩌? 빨리 잘했다고 해 듀세용~."

노빈손은 저절로 몸서리가 쳐지고 속이 마구 울렁거려 미칠 것 같았다.

"왕자님, 짐을 방에 가져다 놓을까요?"

그때 흑인 노예가 다가와 수레의 천을 걷으려고 했다. 술에물탄은 소리를 질렀다.

"놔 둬! 놔 둬! 놔 둬! 내 짐이야. 내가 직접 가져갈 거야!"

그 뒤로는 다행히 아무도 노빈손이 있는 쪽을 신경 쓰지 않았다. 그럼에도 들킬까 봐 숨조차 쉴 수 없을 지경이 된 노빈손의 시야에 잡히는 것은 황후의 발뿐이었다.

황후의 발밑에서는 물고기들이 그녀의 발을 물었다 놓았다 하면서 주변을 헤엄치고 있었다. 말로만 듣던 닥터 피시다. 부스럼이나 무좀 등을 갉아먹어서 병을 치료한다는 물고기들이었다. 말숙이도 엄지발가락 사이에 무좀이 있는데. 닥터 피시한테 치료를 받으면 당장 나으려나? 빈손은 오동통한 말숙이의 발가락을 떠올리며 말숙이에 대한 그리움에 사무쳤다.

"이번 물고기들은 왜 이렇게 힘이 없어. 시원하지가 않잖아. 특수 조련 좀 시키라니까."

찰싹 달라붙으려는 술에물탄을 손짓 한 번으로 물리친 뒤 황후의 입에서 나온 말이었다. 변함없이 고상했지만 그 안에는 한없이 차갑고 날카로운 기운이 서려 있었다. 황후 옆에서 시중을 들고 있던 시녀들이 어깨를 부르르 떨었다. 공포감이 온몸을 스쳐 간 것이다.

술탄이라고 해서 하렘의 여인들을 마음대로 만날 수 없었다. 술탄에게 여자를 소개하는 일은 술탄의 어머니가 했다. 술탄의 어머니가 하렘 최고의 권력자인 셈이다. 하렘에는 최대 약 300여 명의 여인들이 있었는데 술탄의 아이를 낳으면 여러 개의 방도 제공되었고 하인들의 시중도 받을 수 있었다. 그러나 대부분의 여성들은 술탄을 만날 기회가 많지 않았고 여인들 사이의 음모와 질투에 시달리다가 쓸쓸하게 생을 마쳤다고 한다.

목소리와는 달리 황후는 장난스럽게 발을 참방거리며 이리저리로 옮겼다. 물고기 대신 그녀의 발이 헤엄치는 것 같았다. 모든 것을 관리받는 황후에게도 무좀이 있나? 노빈손은 왠지 발가락이 간질해지며 황후가 인간적으로 느껴졌다.

"어마마마, 나 잘했떠용?"

"잘하셨어요. 역시 우리 왕자님. 그런데 죽을 뻔했다면서요?"

매처럼 날카로운 황후의 눈길이 술에물탄의 머리끝부터 발끝까지 훑었다.

"…네. 그러긴 했지만 멋지게 물리쳤…어요. 하하하!"

술에물탄은 말꼬리를 흐리긴 했지만 대범하게 웃는 척하며 황후의 눈치를 살폈다.

"왕자, 사람은 누구나 실수할 수 있습니다. 하지만 내 아들은 그럴 수 없습니다. 이제 실수하지 마세요. 알겠어요?"

술에물탄은 황후의 서늘한 표정과 착 가라앉은 목소리에 어쩔 줄 몰라 하며 몸을 약간 꼬았다.

"네, 황후님. 앞으로는 절대 안 그러겠습니다!"

술에물탄은 황후에게 혼날 때는 엄마 대신 무조건 황후라고 불렀다.

황후는 언제 독사 같은 표정을 지었냐는

하렘의 가장 높은 권력자인 술탄의 어머니는 발리데 술탄이라고 불렸고 첫째 아들을 낳은 여인은 카딘으로 불렸다. 첫째 아들 이외의 자식을 낳은 여인은 이크발이고 그밖의 여인들은 오달리스크이다. 하렘의 여인들은 대부분 오스만 제국의 정복지에서 끌려온 노예들인데 그중에는 프랑스나 우크라이나 같은 유럽 출신도 많이 있었다. 따라서 술탄은 순수 튀르크인이 아닌 경우가 더 많았다.

듯 어느새 기품 있고 온화한 어머니의 표정으로 바뀌어 있었다.

"곧 술탄의 정원을 귀족들과 국민들에게 공개하는 축제가 시작될 거예요. 그 전에 사부 파울을 찾아가세요."

"네? 갑자기 그건 또 뭔?"

황후의 눈에 다시 힘이 들어갔고 술에물탄은 또다시 긴장했다.

"아들, 아버지인 술탄에게 인정받아야 할 거 아닙니까. 그렇지요? 그렇게 만날 천하태평으로 살다가 무스타파 왕자에게 술탄의 자리를 빼앗기면 끝이에요. 알잖아요?"

"네……."

"그랜드 바자르로 가세요. 거기 가면 사부 파울이 우리 아들을 기다리고 있을 겁니다. 나의 오랜 친구이자, 어린 시절 왕자의 스승이기도 했죠. 머리 좋은 왕자니까 사부 파울 기억하죠? 술탄이 왕자의 스승으로 사부 파울을 반대해서 사부 파울이 떠났잖아요."

"제가 사부 파울을 찾아가는 것과 술탄의 자리를 이어받는 것이 어떤 관계가 있나요?"

"호호, 역시 왕자는 나를 닮아 요점 파악 능력이 뛰어나군요. 사부 파울이 아주 중요한 보물이 있는 장소를 알고 있답니다. 그

보물을 찾아다가 정원 축제에서 술탄에게 바치면 술탄의 눈도장을
확실히 받을 수 있을 거예요."

"황후님, 근데 사부 파울을 본 지가 오래됐는데 그 복잡한 바자르
에서 어떻게 그분을 찾을 수 있을까요?"

"사부 파울이 왕자를 알아볼 겁니다. 영적 지도자 사부 파울의 뜻
에 따라 움직이세요. 그러면 그가 많은 것을 알려 줄 거예요. 보물을
찾는 것도, 훌륭한 왕자가 되는 방법도."

노빈손은 뭔가 중요한 얘기가 오가고 있다고 생각했다. 하지만
오랫동안 쭈그리고 있어서 그런지 소변도 마렵고 코끝도 간질간질
했고 무엇보다 다리가 저려서 미칠 것만 같았다.

'아아, 참아야 하는데…….'

빈손은 발가락에 힘을 주었다. 모든 생리
적 현상을 참아야만 했다. 그러나 코끝의 간
지러움은 더 이상 이겨 낼 재주가 없었다.

"에, 에취!"

참았던 기침 소리가 시원하게 황후의 방
안을 울렸다. 시녀들은 깜짝 놀라 두리번거
렸다.

"이게 무슨 소리냐!"

황후의 날카로운 호통에 시녀는 당황하

며 노빈손을 향해 다가갔다. 술에물탄은 어찌할 바를 몰라 이마를
자꾸만 훔쳤다.

　시녀는 수레를 덮고 있던 천을 확 끌어당겼다. 그러자 노빈손은
그만 또르르 술에물탄 왕자의 발밑까지 굴러갔다. 딱딱한 대리석 바
닥에 정면으로 부딪쳤지만 고통을 느낄 사이도 없이 노빈손은 발딱
일어났다.

　"바닥 안 깨졌는지 살펴라. 뭐야? 이 오징어 같은 녀석은?"

　역시 황후였다. 갑작스러운 상황에도 목소리에는 놀란 기색 하나
없었다. 술에물탄이 손사래를 치면서 어색하게 크게 웃었다.

"하하! 황후님! 바로 이 녀석이 전투에서 저를 구해 준 외국인 용병이에요. 제가 보답으로 톱카프 궁전을 잠깐 관광시켜 준다는 게 깜빡하고 하렘에까지 데리고 들어왔네요."

"앗, 황후님, 이렇게 뵙게 되어서……, 영… 에취… 광, 저는 노빈손이라고 하고요, 에취, 콧구멍이 간질간질해 가지고……, 갑자기 재채기가 나와서……, 에취."

노빈손은 횡설수설하면서 몇 번의 재채기를 더 한 뒤 무릎을 꿇었다. 황후는 아무 변화가 없는 도도한 표정을 계속 유지하고 있었다.

"흠, 나는 황후다. 내가 봐준다면 또 문제가 없지."

확실히 부전자전이야. 아니 모전자전인가? 왕자의 말투는 황후를 닮은 거였어. 노빈손이 황후에게도 친근감을 느끼며 안도의 한숨을 내쉬었다. 한데 순간 황후의 날카로운 목소리가 노빈손의 귓가에 파고들었다.

"그런데 너! 내가 하는 말을 모두 들었지?"

"네? 아니, 그냥 들려서요."

"그렇다면 왕족의 비밀을 엿들은 죄로 당장 쥐도 새도 모르게 죽여도 할 말이 없을 것이야."

'아니, 비밀로 해 주시겠다고 할 때는 언제고?'

노빈손은 목까지 차오르는 말을 삼켰다.

13대 술탄 메호메트 3세가 죽자 동생 무스타파와 아들 아흐메트 1세가 남았다. 1명이 죽거나 하면 술탄의 대가 끊어질 수 있었던 것이다. 14대 술탄이 된 아흐메트 1세는 삼촌을 가두었다. 이때부터 왕자들을 죽이는 일이 금지되었고 대신 하렘의 외진 곳 '카페스'에 가두었다. 술탄이 죽으면 갇혀 있던 가장 나이 많은 왕자가 뒤를 이었다. 언제 죽을지 모르는 공포 속에서 교육도 제대로 받지 못하고 술탄이 될 수밖에 없었는데 이는 오스만 제국을 쇠퇴시키는 요인이 되었다.

"네? 아니, 아니, 그게……, 그니깐 제가 일부러 들으려고 한 것
도 아니고……."

술에물탄은 깜짝 놀라 황후의 옷깃을 잡았다.

"어마마마~, 얘 잘못은 아니잖아요. 하렘에 들어온 것은 봐주시
겠다면서요. 그냥 제가 데리고 오고 싶어서 데려온 건데. 쟤가 생긴
건 꼴뚜기같이 생겼어도 나름 유식하고 괜찮은 녀석이거든요. 그냥
넘어가 주세요."

황후는 야멸찬 손짓 한 방으로 술에물탄을 다시 떼어 놓고 노빈
손을 차갑게 바라보았다.

"네가 살아남을 수 있는 방법은 단 하나. 술에물탄 왕자를 도와
라. 술에물탄 왕자와 함께 보물을 찾아오면
너를 살려 주마. 알겠느냐?"

전쟁에서도 겨우 살아 나왔는데, 다시 또
뭘 해야 한다고? 내 팔자에는 웬 모험복이
이리 차고 넘치는 것이냐.

"어마마마! 걱정 마세요~. 노빈손이 또
비밀 임무 전문가거든요. 노빈손과 함께 꼭
지령을 완수하겠습니다!"

술에물탄이 우렁차게 대답을 했다.

'아니, 저 마마 보이! 왜 나를 끌어들이
고 난리야? 자기가 실수한 건 자기가 수습
해야지.'

황후가 자기도 모르게 하얗고 긴 손가락을 이마에 가져갔다. 무언가 의심스러울 때마다 황후는 이마를 긁었다.

"그래요? 잘할 수 있겠어요?"

황후의 눈이 가늘어졌다.

"그럼요! 저는 이 나라의 왕자입니다. 무엇이든 못하겠어요? 노빈손과 함께라면!"

"나의 감시망을 벗어날 생각은 꿈에도 하지 마라. 오스만 제국 구석구석 내 눈길이 닿지 않는 곳은 없어. 이 일을 성공하지 못하면, 외국인 용병, 너는 끝이다."

황후는 무시무시한 협박과는 전혀 어울리지 않는 우아한 몸짓으로 고개를 까딱거렸다.

나는 술에물탄 왕자! 물고기가 물에 살 듯 왕자는 궁전에 산단다.
에헴, 친구들에게 내가 사는 궁전이 어떤 곳인지 알려 줄게.

〈톱카프 궁전〉

•• 톱카프 궁전은 어떤 궁전?

7대 술탄 메흐메트 2세가 이스탄불을 수도로 삼았을 때, 오스만 제국의 궁전을 짓게 했어. 그게 톱카프 궁전이야. 터키어로 톱은 대포, 카프는 문이라는 뜻인데 말처럼 궁전 문 양쪽엔 두 대의 대포가 있단다. 궁전이 있는 곳에서 보이는 경치는 참 아름다워. 톱카프 궁전에선 마르마라 해, 보스포루스 해협과 골든혼, 세 개의 바다가 한눈에 보이거든.

•• 이제 톱카프 궁전으로 들어가 볼까!

제국의 문(황제의 문) ⋯⋙ 이곳으로 들어서면 예니체리 정원이 나와. 오스만 왕실을 수호하는 예니체리 부대가 이곳을 지키지. 이 마당에는 비잔틴 제국 때 지은 이레네 성당이 남아 있는데 오스만 제국 때는 병기고로 썼대.

제국의 문

경의의 문 ⋯⋙ 경의의 문을 지나면 대신들이 국사를 논의하는 디반 건물과 왕실 주방이 있어.

경의의 문

이레네 성당

왕실 주방 ⋯ 두 번째 정원(디반의 정원)에선 다양한 궁중 의식(출정식, 결혼식, 폐위식 등)이 열렸어. 정원 오른편에는 굴뚝이 늘어선 건물이 있는데 왕실 주방이야. 하루에 두 번 궁중 음식을 내놨고 주로 양고기를 비롯한 육류 요리를 했어. 하루에 양 200마리를 조리했다니 대단하지? 톱카프 궁전에 사는 5,000명이 넘는 사람들의 식사를 준비하려면 어쩔 수 없어. 주방에서 일하는 요리사도 최대 600명이 넘었어.

왕실 주방

지복의 문 ⋯ 이 문은 술탄과 왕실 측근만 드나들 수 있는 문이야. 지복의 문을 열면 오스만 제국을 상징하는 튤립 정원이 펼쳐져. 튤립 정원에서 성대하게 황제의 즉위식을 거행했어. 지복의 문 바로 뒤엔 외국 사절을 맞이하는 알현실이 있어.

알현실

지복의 문

●● 비밀의 공간, 하렘

하렘은 세 번째 정원 깊숙한 곳에 있어. 궁궐 여인들이 모여 사는 하렘엔 아무나 들어갈 수 없단다. 하렘에서 일하는 남자는 환관들뿐이었고 방문객도 하렘 여인의 가족들만 받았지. 하렘에는 방이 400여 개나 있지만 거의 답답하고 비좁은 방이야. 술탄의 총애를 받거나 아이를 낳아야만 넓은 방을 받을 수 있었지. 술탄의 방이 하렘에서 가장 좋고 황태후(술탄의 어머니)의 방이 두 번째로 좋아.

술탄의 방

하렘 창문의 철창

하렘에 들어서면 벽에 장식되어 있는 온갖 무늬의 타일들과 다채로운 대리석 기둥, 창문의 스테인드글라스에 시선을 뺏기게 될 거야. 갇혀 살아야 했던 여인들을 위로하는 것이라고나 할까? 화려함에 감탄하다가도 쇠창살이 붙어 있는 창문을 보면 가슴이 답답해지지.

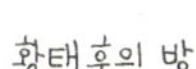

황태후의 방

아흐메트 3세의 '과일의 방'

●● 오스만 제국의 쇠퇴를 가져온 돌마바체 궁전

31대 술탄, 압둘 마지드 1세는 외세 침략에 휘청이는 오스만 제국을 일으켜 세우기 위해 개혁 정치(탄지마트)를 펴. 또 유럽을 본받기 위해 궁전도 유럽의 모습으로 바꾸지. 프랑스의 베르사유 궁전에 마음을 빼앗긴 탓일까. 술탄은 이탈리아 건축가에게 베르사유 궁처럼 바로크 양식으로 '돌마바체 궁전'을 지으라고 명령하지. '돌마바체'는 '정원으로 가득 찬 곳'이란 뜻이야. 그런데 이때 오스만 제국의 형편은 호화 궁전을 지을 만큼 좋질 못했어. 유럽 강국과의 전쟁에서 진 탓에 나라 살림이 피폐해졌거든. 하지만 압둘 마지드 1세는 뜻을 굽히지 않고 궁전을 사치스럽게 꾸몄어. 궁 내부 장식에만 총 14만 톤의 금과 40만 톤의 은을 썼지. 궁전에 전시한 명화도 600점이 넘었으니 사치의 최고봉을 보여 줬어.

돌마바체 궁전의 샹들리에

돌마바체 궁전 정원

돌마바체 궁전의 방

보스포루스 해협에서 돌마바체 궁전을 바라보면 양 날개를 편 새같이 대칭을 이루고 있어. 중앙 홀을 기준으로 북쪽은 여인들의 공간인 하렘, 남쪽은 행정 업무를 처리했던 집무실이 있지. 완공된 이후에 술탄들은 거처를 돌마바체 궁전으로 옮겼어.

독재 정치를 했던 압둘 하미드 2세에 대항해 국민들이 세운 최초의 의회가 열린 곳도 돌마바체 궁전이야. 터키 공화국의 초대 대통령 무스타파 케말은 이 궁전을 집무실로 쓰다가 임종을 맞았다고 해.

보스포루스 해협에서 바라본
돌마바체 궁전

무스타파 케말이 임종을 맞은 침대

화려한 그랜드 바자르

　그랜드 바자르의 남문 쪽을 향한 샛길에 들어서자 장인들의 길드가 나타났다. 구불구불 이어진 골목에서는 땅! 땅! 땅! 망치 소리가 힘차게 울리고 있었다. 술에물탄은 환호성을 질렀다.

　나무꾼들이 나무를 싣고 지나가고, 목수들은 힘껏 망치를 내리치

며 탁자를 만들고, 장신구 길드에서는 건장한 남자들이 세심한 손길
로 장신구를 만들고 있었다. 목걸이, 팔찌 등 색색의 장신구들은 그
모양도 다양했다.

"아니, 이게 웬 신천지? 끝내준다! 완전 재밌어!"

술에물탄은 어느새 사부 파울을 만나야 한다는 목적은 까맣게 잊
어버렸다. 여기저기 신기한 풍경에 정신이 팔려 구경하기에 바빴다.
그랜드 바자르 안으로 들어가자 상상을 뛰어넘는 화려한 시장의 모
습이 펼쳐졌다.

노빈손과 술에물탄 왕자는 일단 터번
가게에 들렀다. 평민들이 쓰는 터번을
사기 위해서였다. 터번 가게 주인은
유난히 큰 노빈손의 머리를 보자 함박
웃음을 머금었다.

"대단하십니다~, 손님. 손님은 일
반용 사이즈로는 어림도 없겠어요! 제
가 특별한 가격에 특대용 사이즈를 맞
춰 드리지요. 맞춤으로 하세요."

"아저씨, 제가 무슨 특대용이에요?
맞춤은 비싸잖아요. 전 그냥 있는 거
주세요."

노빈손은 미간을 좁혔다.

'혹시 이 아저씨가 나한테 바가지

씌우려는 거 아냐. 어림도 없지.'

"어유, 손님은 일반 사이즈 절대 안 맞아요. 일반 사이즈는 아마 터번이 찢어질 거예요. 민머리 손님은 특대 사이즈! 여기 폴짝폴짝 뛰어다니는 손님은 일반 사이즈! 이렇게 사시면 됩니다. 대신 우리 가게 역사상 맞춤 특대 사이즈 판매는 처음이니까 VIP 고객으로 모시겠습니다! 우대 카드도 발급해 드릴게요."

"와아, 진짜 신난다. 특대 사이즈라니! 그냥 사! 재밌잖아."

술에물탄은 내내 들떠 있었다. 노빈손은 VIP 대접을 해 준다는 소리에 큰맘 먹고 터번을 질렀다. 가게 주인이 만들어 준 우대 카드는 마음에 쏙 들었다. 얇고 하늘거리는 양피지에 오스만 제국 특유의 문양이 촘촘히 새겨진 게 참 매력적이었다.

"안녕히 가십쇼! 또 오십쇼!"

터번을 사고 나자 가게 주인은 허리를 90도로 숙이며 상점을 나서는 둘에게 깍듯이 인사했다. 노빈손은 진짜 VIP 고객이 된 기분이 들어 우쭐해졌다.

쿠렘 황후가 챙겨 준 여비는 제법 낙낙했다. 노빈손은 그랜드 바자르 안 상점 이곳저곳을 돌아다니며 먹을 것과 여행에 필요한 물품들을 구입했다. 물건들을 사고 챙기는 건 온전히 노빈손의 몫이었다. 술에물탄은 평생 잡일이라고는 전혀 해 본 적이 없는 왕자님이었기 때문이다. 술에물탄은 손에 물건을 들어 본 적도 없고, 드는 방법도 모르고, 무엇보다 자신이 왜 그런 것을 해야 하는 지 모르겠다는 태도였다.

어디 딱히 넣을 봉투도 없고 해서 노빈손은 산 물건들을 자신의 터번 안에 하나씩 넣었다. 물건들은 터번의 주름에 군데군데 잘도 들어가 자리를 잡았다.

"흠. 난 역시 천재라니까. 누가 터번을 장바구니로 활용할 생각을 하겠어."

노빈손은 머리가 살짝 무거웠지만 그래도 현명한 방법을 생각해 낸 것 같아 기분이 좋았다.

 ## 카페에서 얻은 양피지

쇼핑을 마치고 술에물탄과 노빈손은 근처 카페에 들어갔다. 낮 시간이었는데도 카페는 커피를 마시며 이야기를 나누는 사람들로 가득 차 있었다.

노빈손과 술에물탄은 야외 탁자에 자리를 잡고 한숨 돌렸다.

"손님, 설탕은 얼마나 넣어 드릴까요?"

"커피는 지옥처럼 검어야 하고, 죽음처럼

오스만 제국에 커피가 들어온 건 1519년. 그 이후 세계 최초의 카페가 오스만 제국에 생겼다. 커피는 종교 지도자들에 의해 마약 성분과 다를 바 없다고 금지되기도 했지만 커피를 좋아하는 사람이 늘어나는 것을 막을 수 없었다. 무라드 3세 때에는 이스탄불에 카페가 600여 개나 되었다고 한다. 그 뒤 커피는 오스만 제국을 거쳐 유럽에까지 전해졌다.

진해야 하는 법! 전 설탕 없이 주세요."

노빈손은 만화책에서 본 터키 속담을 인용해서 멋지게 주문했다.

"또 사랑처럼 달콤해야 하지. 난 설탕 듬뿍!"

술에물탄 왕자가 발랄하게 외쳤다.

"노빈손, 너랑 나랑은 역시 콤비인가 봐. 속담도 척척 맞고."

띠리링~.

그때 어떤 남자가 통통한 기타 비슷하게 생긴 악기를 연주하며
노래를 부르기 시작했다.

"쯧쯧, 손님들 죄송해요. 부인이 집을 나간 뒤로 허구한 날 여기
와서 사즈를 연주하며 저런 되도 않는 노래를 부르네요. 커피 가루
를 제때 사다 주지 않아서 부인이랑 이혼했다나 뭐라나. 하지만 무
릇 오스만 제국의 남자라면 부인에게 날마다 커피 한 잔을 대접해야

지요. 법으로도 정해져 있잖아요."

'우아, 저렇게 길게 말하는 데 3초도 안 걸린 것 같다.'

노빈손이 감탄하고 있는 와중에 카페 종업원은 빠르게 다음 말을 이었다.

"그나저나 선불입니다, 손님."

"앗, 내가 어디에 돈을 넣었더라."

노빈손을 여기저기를 찔러 보았으나 돈은 쉽게 나오지 않았다. 점점 카페 종업원의 눈빛은 험악해져 갔다.

"잠시만요. 기억을 되살려 볼게요."

노빈손은 땅바닥에 주저앉아 터번의 구조도를 그리기 시작했다.

이쪽 주름에는 빵을 넣었고, 저쪽에는 컵을 넣었고, 여기에는 젤리를 넣었고, 음, 간식을 너무 많이 샀나?

"오호라! 건축 설계도가 참으로 특이하군요."

그리기 삼매경에 빠져 있던 노빈손이 고개를 들자 옆자리에 앉아 있던 품위 있는 중년 남자와 눈이 마주쳤다.

"내가 이때까지 듣도 보도 못한 모스크 설계도야. 구불구불 자유롭게 뻗은 계단이며 직사각형을 사용하지 않고 둥근 돔으로만 모스크를 만들다니. 멋지군."

남자는 초롱초롱한 눈빛으로 빈손의 괴

커피가 맛있어야 결혼하지

터키 커피는 커피 가루와 설탕, 물을 처음부터 한꺼번에 넣고 끓인다. 커피 가루, 설탕, 물을 어느 정도 섞느냐에 따라, 또 불의 세기에 따라 커피 맛이 달라진다. 두 집안 사이에 혼사가 오고갈 때 여자 측이 어떤 커피를 대접하느냐에 따라 혼사가 결정되었다. 신랑 후보가 마음에 들지 않을 때는 소금을 타거나, 후추 가루를 이용해서 커피를 끓이기도 했다. 그러면 혼사는 없던 것으로 된다고.

발개발 그림을 유심히 들여다보았다.

"제가 좀 앞서 가는 아티스트거든요. 호호."

"이 그림을 옮겨 그려도 될까? 내 작업에 참고하고 싶군."

"얼마든지 그렇게 하세요."

노빈손은 우쭐해져서 머리를 쓸어 넘겼다. 넘어갈 머리카락은 단 네 가닥뿐이었지만.

남자는 재빨리 깃털 펜을 꺼내 들고 있던 두루마리에 노빈손의 그림을 베끼기 시작했다. 전광석화 같은 손놀림이었다.

"저런 괴발개발 그림도 궁 밖에서는 알아주는… 읍!"

노빈손은 얼른 손으로 술에물탄의 입을 막았다. 말끝마다 궁, 왕자를 덧붙이니 이럴 거면 굳이 평민으로 변장할 필요가 있었나 싶었다.

"퉤, 어우, 짜. 너 아까 손 안 씻었지? 당신 미마르 시난이지? 아버…, 아니, 술탄 직속 건축가잖아. 당신이 건물을 그렇게 튼튼하게 짓는다며? 지진에도 끄떡없다고 하던데."

"하하! 지진에 강한 건축물을 지으려면 벽돌 사이에 공기가 들어갈 수 있게 만들면 됩니다. 왕자님, 미리 알아보지 못해 죄송합니다."

헉! 들켰다. 어딜 가든 튀는 술에물탄 왕자와 보물을 찾는 여행을 무사히 계속할 수 있을까 심각하게 고민하는 노빈손에게 미마르 시난이 말을 걸었다.

"궁전에서 술에물탄 왕자님을 몇 번 뵌 적이 있네. 내가 궁금한 쪽은 자네야. 구불구불하게 그린 계단 사이사이에 그려 넣은 형상은 컵, 빵, 개구리를 표현한 건가?"

"예술에서의 아름다움이란 현실의 모양을 구체적으로 표현해 주는 것이라고 생각해서요."

'우아! 내가 이런 그럴듯한 말을.'

노빈손은 뿌듯해서 어깨가 으쓱했다.

"젊은이는 이슬람교도가 아닌가 보군. 이슬람교에선 모스크에 사람과 동물의 조각상을 세우거나 그림을 그리면 죄를 짓는 거야. 자칫 우상 숭배로 비춰질 수 있기 때문이네."

"그래서 아야 소피아의 벽화들에 회칠을 했군요."

노빈손은 점점 할 말이 달렸지만 말숙이가 예전에 『터키 여행 따라잡기』를 읽고 가르쳐 준 터키 역사 상식으로 위기를 넘겼다.

"자네는 건축에 대한 상식이 풍부하군."

시난은 호기심 어린 표정으로 노빈손을 바라보았다.

그때 커피를 후후 불며 마시다 말고 술에

이슬람교는 사원에 사람, 동물 등의 형상을 그리는 것을 철저히 금지했다. 오직 알라만을 섬겨야 했기 때문이다. 그래서 모스크 내부에는 성화가 그려지지 않았다. 오스만 제국이 성당인 아야 소피아를 모스크로 개조할 때는 성화를 모두 회칠로 덮어 버렸다. 대신 서예로 모스크를 장식했고, 기하학적인 무늬를 넣은 타일을 벽에 붙여서 색다른 예술성을 보여 주었다.

물탄이 준엄한 목소리로 말을 꺼냈다.

"난 꼭 아야 소피아를 능가하는 모스크를 짓고 말겠어. 대오스만 제국의 모스크로 비잔틴 제국의 성당을 사용한다는 건 자존심이 상해. 시난! 그대가 연구 좀 해."

"왕자님, 제가 소싯적에 예니체리 부대의 병사로 세계 여러 나라를 떠돌아다니며 독특한 건축물들을 많이 봤습니다. 그 가운데 평화

를 상징하는 건축 양식으로 돔
만 한 게 없더군요. 이슬람교와
아주 잘 어울려요. 돔을 잘 활
용하면 오스만 제국만의 멋지
고 독창적인 모스크를 만들 수
있을 것 같습니다."

"앗, 저도 예니체리 부대 출
신이에요. 얼마 전에 대승을 거둔 부대 아시죠? 거기서 제가 공을
세웠어요. 어느 부대에 계셨어요?"

노빈손은 군대 동기를 만난 것이 반가웠다.

"그럼 무엄하다 아가를 알겠군. 그 친구는 병사 시절부터 잘 알고
지냈지. 아직도 그렇게 깐깐한가?"

"밤을 새워도 그 이야기를 다 하려면 부
족해요."

"그래, 그러면 내 작업장에 가서 차이 한
잔 더 하겠나? 무엄하다 친구 이야기도 이
야기지만 건축에 대한 자네의 깊은 식견을
파헤쳐 보고 싶군. 우리 집 요리사의 솜씨
가 훌륭하니 오스만 제국의 풀코스 저녁 식
사가 어떤 것인지 제대로 보여 주지."

노빈손은 터키 요리의 맛을 보고 싶었지
만 건축에 대해 아는 것을 이미 다 얘기했

기에 멈칫했다.

"선생님, 정말 감사하지만 아시다시피 제가 철없는 왕자의 숙제를 해결해 줘야 해서……."

따악!

그때 나자르 본죽이 노빈손의 뒤통수를 정확하게 가격했다.

"난 그냥 심심해서 빙빙 돌렸을 뿐인데, 잠깐 놓쳐서 그리로 날아간 것뿐이야."

술에물탄 왕자는 능글맞게 웃으며 바닥에 떨어진 나자르 본죽을 챙겼다.

'아무래도 일부러 그런 것 같은데.'

노빈손이 의심의 눈초리를 보내자 미마르 시난이 노빈손의 손을 잡고 악수를 했다.

"왕자님이 바쁘신 것 같으니 지금은 그냥 헤어져야겠군."

술탄의 총애를 받는 건축가라더니 역시 왕족의 마음을 읽는 데는 귀신이었다.

"내가 살고 있는 곳의 주소를 적어 주겠네. 다음에 시간이 나거든 나를 찾아오시게."

미마르 시난은 옷의 안쪽을 뒤졌으나 딱히 필기할 만한 것이 나오지 않았다. 그렇다고 여러 가지 아이디어와 설계도가 가득 적혀 있는 두루마리를 찢을 수도 없는 노릇이었다.

시난은 품속 깊숙한 곳에서 낡은 양피지 하나를 꺼내 뒤편에 주소를 적었다.

"내가 젊었을 때 어느 시골에 지었던 모스크의 설계도네. 이 설계도는 이미 내 머릿속에 다 있으니 없어도 되네."

노빈손은 세월의 흔적이 고스란히 묻은 선물에 감격했다.

"왕자님, 저는 이만. 건축가들 모임이 있어서요. 행운을 빕니다."

공처가 술탄

"이번 전투에서 술에물탄 왕자님의 활약이 눈부셨습니다. 무엄하다 아가가 왕자님의 용맹에 감탄을 했다고 합니다."

이브라힘 재상은 허리를 깊게 숙인 채 나직한 목소리로 술탄에게 보고했다. 술탄은 재상을 힐끗 쳐다보았다. 사려 깊은 미소와 공손한 말투는 늘 술탄에게 신뢰감을 주었다.

"항상 유약하기만 한 왕자님인 줄 알았는데, 적군을 유인하는 어려운 임무를 맡으신 것을 보면 이제 어른이 다 되셨어요."

"임무를 수행하는 과정에서 실수가 있었다지? 술에물탄은 아직 좀 부족해."

"아닙니다. 비온 뒤에 땅이 더 굳어지듯이 앞으로 술에물탄 왕자님은 훌륭한 전사가 되실 겁니다. 좀 시간이 걸리겠지만요. 그러고 보니 무스타파 왕자님이 처음 전투에 나가셨던 때가 생각나네요. 조금의 실수도 없이 대승을 거두셨지요. 하지만 술에물탄 왕자님도 나름대로 잘하셨습니다. 평소에는 어리바리하시더니 염려를 뛰어넘는 활약을 보여 주셨어요.”

'지금 술에물탄 왕자를 칭찬하는 거야, 무스타파 왕자를 칭찬하는 거야?'

술탄은 물기를 머금어 약간 눅눅해 보이는 이브라힘 재상의 터번을 바라보았다. 늘 고개를 숙이고 있어 이브라힘 재상의 표정을 파악하기는 어려웠다.

“나가 봐.”

술탄은 더 이상 아무 대꾸도 하지 않고 손짓으로 이브라힘 재상을 내보냈다. 이브라힘 재상은 허리를 숙인 자세 그대로 물러갔다.

“나의 사랑~, 나의 술탄~. 여기 계셨군요!”

곧이어 화사한 꽃향기를 풍기며 황후가 간드러진 콧소리와 함께 들어왔다.

“어서 오시오, 황후. 내 그렇지 않아도 만나러 가려 했소.”

“항상 말뿐이면서~, 술탄께서는 제가 이렇게 찾아와야만 얼굴을 보여 주시잖아요.”

술탄 앞에서는 황후의 목소리에서 도도

함, 카리스마 따위는 절대 찾을 수 없었다. 애교가 섞여 있는 목소리
는 오직 술탄만이 들을 수 있는 것이었다.

"미안하오. 전쟁 때문에 내가 정신이 없는 것을 잘 알지 않소?"

"지방 영주들인 시파히들이 좀 더 적극적으로 전쟁에 참여하면
되잖아요? 최고 병사들은 지방에 그대로 두고 어중이떠중이 병사들
만 중앙 군대로 보내 주는 것 같아요. 디반 회의(정책 회의) 때 한번
이야기해 보시면 어떨까요?"

술탄은 요즘 시파히들의 움직임이 좀 수상하다고 느끼던 참이었
다. 겉으로는 언제나 충성을 맹세하지만 술탄으로선 모두를 의심할
수밖에 없었다.

'그렇지 않아도 최정예 병사들을 보내라고 시파히들을 구슬리려
고 했는데. 역시 대오스만 제국의 황후가 될 자격이 있는 똑똑한 여
자야.'

"안 그래도 그래 볼 참이오. 뒤에서 무슨
생각들을 하는지 알아내야지."

황후는 애교 어린 미소를 지으면서 술탄
의 품에 안겼다.

"요즘은 어떤 시를 쓰시나요? 일기도 꼬
박꼬박 쓰시죠? 술탄의 일기, 저도 좀 보고
싶네요. 술탄의 멋진 문장, 예술가적 기질
은 저처럼 섬세한 여인만이 알아볼 수 있다
고요. 아잉~."

술탄은 황후의 볼을 쓰다듬었다. 또 자신의 시에 대해 관심을 가지고 늘 물어봐 주는 황후가 사랑스러웠다. 때로 황후 앞에서 시를 낭송하기도 했는데, 황후는 늘 시에 대한 감동 어린 품평을 아끼지 않았다.

그러나 일기는 보여 줄 수가 없었다. 통치자의 속마음은 사랑하는 아내라 할지라도 나눌 수 없는 것이다.

"내가 정원 축제 때 당신을 위한 시를 한 편 지어 낭송해 볼까 하는데 어떻소?"

"어머! 진짜요? 너무 행복해요~. 여자라서 행복해요~."

황후는 활짝 웃었다. 금슬 좋은 여느 부부와 다를 바 없었다. 황후는 술탄의 기분이 좋아진 틈을 타 천천히 입을 열었다.

"그런데요, 이렇게 다정하신 분이 왜 후계자 문제에선 냉정해지세요? 무스타파 왕자만 너무 예뻐하시는 거 아네요? 제 아들 술에물탄 왕자도 좀 봐 주세요."

술탄은 순간 얼굴이 굳어졌다.

"술에물탄은 아직 어려서 참 걱정이오. 이번 전투에서도 나대다가 죽을 뻔했잖소? 제국의 위용을 이어가기엔 아직 부족해."

"아잉~, 실수를 전략으로 바꿔서 더 큰 승리를 거두었잖아요. 무스타파 왕자도 가끔 실수하잖아요. 참, 요즘 무스타파 왕자에 관해 떠도는 안 좋은 소문은 믿지 마세

술레이만 1세는 페르시아어와 터키어로 시를 짓는 시인이기도 했다. 그가 다스리는 동안 예술과 문학이 크게 부흥했다. 그는 통치 기간 내내 일기를 썼는데, 특히 전쟁 중에도 매일매일의 상황을 간략하지만 정확하게 기록했다. 그의 일기는 나중에 『전쟁일록』으로 출간되어 그 당시의 전쟁 모습에 대해 상세하게 알려 준다.

요. 이게 다 무스타파 왕자가 철저한 원칙주의자라 불만을 품은 부하들이 수군대는 거니까요. 제가 단속할게요."

무스타파 왕자를 감싸는 것인지 모함하는 것인지 알쏭달쏭한 황후의 말이었다.

사실 완벽주의 술탄의 마음에 드는 왕자는 없었다. 나날이 영토를 확장해 나가는 오스만 제국을 다스리는 데는 다양한 능력이 필요했다.

'오스만 제국의 영광을 이을 만한 왕자가 없다니까. 내가 최대한 오래 살아야겠어.'

술탄이 아무 대답이 없자 황후가 팔에 매달렸다.

"그나저나 이번 정원 축제에는 어떤 베일을 두를까요? 당신의 마음에 드는 베일로 두를게요."

"올해는 유독 튤립이 화사하게 피어 멋진 정원 축제가 될 것 같소. 좋은 조짐이요."

술탄이 동문서답을 한다는 건 딴 생각을 하고 있다는 것이었다. 더 이상 말을 시켜도 원하는 대답이 나오지 않을 것이 뻔했다. 그래도 황후는 밀어붙였다.

"그렇다면 이번 정원 축제에 술에물탄이 어떤 보물을 가져오는지 좀 보시겠어요? 술에물탄은 오스만 제국의 영광을 상징하는 보물을 가져올 거예요."

황후가 자신의 마음속 소리를 꼭 집어내 말하자 술탄은 다시 황후의 말에 집중했다.

"오스만 제국의 영광을 상징하는 보물이라니? 무슨 소리요?"

"급하시긴~, 술에물탄을 한번 믿어 보세요."

'하여간 만만치 않은 양반이야. 매번 이렇게 애교 작전을 펼쳐야 한다니까.'

술탄은 황후의 속마음을 아는지 모르는지 자신의 팔에 매달린 황후를 살짝 떼 내고 술탄의 자리, 온통 황금과 에메랄드로 치장된 의자에 앉았다.

"기대하지! 술에물탄 왕자가 뭘 준비해 오는지 기다려 보겠소."

술탄의 접견실 밖 대기실 벽의 황금 수도꼭지에서는 계속 물이 흘렀다. 술탄과 접견인의 대화가 밖으로 새어 나오지 않도록 고안된 방법이었다. 그런데 어떤 사내가 발이라도 씻으려는 듯 수도꼭지 옆에 앉아 있었다. 사내의 터번은 수도꼭지 옆에 가지런히 놓였다. 사내의 귀는 벽에 바싹 붙은 상태였다. 졸졸졸 흐르는 물소리에도 불구하고 한참이나 집중하던 사내는 무언인가를 알아낸 듯 고개를 끄덕였다. 그리고 언제 앉아 있었냐는 듯이 자리를 박차고 일어났다. 딴청을 피우는 호위 병사에게 금화가 든 주머니를 쥐어 주고는 소리 없이 접견자 대기실을 빠져 나갔다.

 # 운명적 만남

미마르 시난의 저녁 초대를 받아들일걸. 이제 와 후회하기에는 너무 늦었다.

"뭔가 야리꾸리하고 신선한 냄새가 식욕을 계속 자극하는구나."

그랜드 바자르의 먹자 골목에 들어서자 노빈손은 위장에서 먹을 걸 달라고 아우성치는 것을 느꼈다. 노빈손은 술에물탄 뒤에서 콧구멍을 벌름거리며 향신료의 묘한 향기에 취해 버렸다. 배가 고파 기운이 없었기에 걸음은 터덜터덜, 몸은 흐물흐물이었다. 모르는 사람이 보면 춤을 춘다고 생각할 게 틀림없었다.

"이보시오, 청년!"

노빈손이 갑자기 자신의 어깨를 잡아채는 손길에 화들짝 놀라 뒤를 돌아보는 순간 어떤 노인이 검지손가락으로 노빈손의 뺨을 찔렀다.

"하하하! 이런 장난에 넘어가는 것을 보니 그대는 순수한 영혼임에 틀림없소."

순간 노빈손은 미친 사람에게 잘못 걸렸구나 생각했다.

하지만 노인의 눈은 총명한 빛으로 반짝거렸다. 땟물이 줄줄 흐르는 옷과 한동안 감지 않은 듯 보이는 머리, 금방이라도 부

사도 바울의 고향은 터키

사부 파울과 아무 관계가 없는 사도 바울은 초대 기독교 전파의 초석을 놓은 전도자이다. 사도 바울은 2,000여 년 전 '다소'라고 기록된 터키의 타르수스에서 태어났다고 알려져 있다. 타르수스에선 바울의 생가 근처 우물의 흔적을 볼 수 있다. 신약 성경에 나오는 바울이 선교 여행을 다닌 소아시아 지역은 터키를 가리킨다.

러질 것처럼 휘어진 지팡이가 아주 많이 거슬렸지만.

"누구세요?"

"왠지 모를 범상치 않은 예감에 고개를 돌려 보니 천상의 미소를 짓고 있는 그대가 보이더군. 그렇게 평화로운 표정은 정말 드문데."

'배고파서 멍한 표정을 지었을 뿐인데.'

노인은 노빈손의 황당한 표정에도 아랑곳하지 않고 말을 이었다.

"그대의 반질반질한 머리에서 흘러넘치는 멀끔한 빛. 바람이 불 때마다 살랑거리는 네 가닥의 머리카락. 게다가 왁자지껄 소란한 바

자르의 소음 속에서도 독특하게 리듬을 타며 홀로 춤을 추는 자유분
방함까지! 감탄을 금할 수 없네."

그때 앞장서서 혼자 성큼성큼 걸어가던 술에물탄이 뒤를 돌아보
았다.

"사부 파울!"

"장성한 왕자님을 뵙는군요. 왕자님, 저를 기억하시겠습니까?"

술에물탄이 눈썹을 가늘게 모으며 사부 파울에게 다가가 이리저
리 훑어보았다.

"오스만 제국에서 이런 몰골로 다니는 사람은 사부 파울밖에 없
을 거라고 어머니께서 말씀하셨지."

'어랏? 이 사람이 바로 사부 파울?'

"사부 파울, 보물은 어디 있어?"

술에물탄이 다짜고짜 묻자 사부 파울은
씩 웃었다.

"왕자님, 그동안 어찌 지내셨습니까?"

"우리 인생 스토리는 나중에 이야기하자
고. 정원 축제가 얼마 안 남았단 말이야. 그
전에 보물을 찾아야 한다고!"

"보물은 우리 마음속에 있지요."

사부 파울은 껄껄 웃었다.

"뜬구름 잡는 소리는 여전하네. 빨리 알
려 달란 말이야."

신약 성경의 요한계시록에는 에
베소(에페스), 서머나(이즈미르),
버가모(베르가마), 두아디라(악히
사르), 빌라델비아(알랏셰히르), 사
데(살리흘리), 라오디게아(에스키
히사르) 등이 초대 일곱 교회로
나와 있다. 일곱 도시에 흩어져
신앙 생활을 하고 있던 기독교인
들이 살던 지역 이름이다. 이 교
회가 있는 에페스, 이즈미르, 베
르가마 등에는 성지 순례 행렬이
끊이지 않는다.

“그럽시다. 보물을 찾아 가야지요. 저만 믿으세요. 나중에 다 보물을 만나게 됩니다.”

노인의 여유로움에 술에물탄은 가슴을 쳤다. 그러나 술에물탄은 더 이상 졸라 봤자 아무것도 얻을 게 없다는 것을 잘 알았다. 사부 파울은 언제나 그랬다. 주변에서 어떤 이야기를 하든 자기 방식대로 밀고 나가는 사부 파울이었다.

“이렇게 무작정 할아버지를 따라갈 수는 없어요. 어디로 가는지나 알려 주세요.”

노빈손의 말에 사부 파울이 대답했다.

“청년, 쓸데없는 걱정은 파울감이야. 아는 것은 곧 모르는 것이고, 모르는 것은 곧 아는 것이야. 나는 세상의 진리를 꿰뚫어 보며 신의 뜻에 따라 사는 사람이지. 왕자님도 왕자님이지만 나는 그대에게 관심이 간다네.”

“저요? 왜요?”

“왜긴! 그대는 바로 신이 내게 준 선물이니까! 어떻게 나의 동행을 알아볼까 걱정이었는데, 역시 오랫동안 기도를 한 보람이 있어!”

사부 파울은 노빈손의 손을 꽉 잡았다.

“악! 왜 힘은 주고 그러세요?”

“역시 나의 장난에 이렇게 바로바로 반응하다니. 그대는 정말 순수한 사람이야. 왕자님과의 일을 마치고 나면 나와 손을 잡고 복음을 전파하세. 사람들에게 순수함을 널리 전하는 거야. 그대가 열정만 가지면 모든 불가능한 것이 이루어질 것이야. 하면 된다, 라는 말도 있지 않은가?"

"아는 게 힘이라고 상식이 풍부한 저와 같이 다니면 든든하긴 하시겠지만 이렇게 일방적으로 저의 미래를 결정하시면 안 되죠!"

"오오, 역시! 명언들을 줄줄 꿰고 있는 것을 보니 공부를 많이 한 자가 틀림없어! 털 많은 오스만 사람들 사이에서 유독 털이 없는 것만으로도 심상치 않다 여겼는데."

노빈손은 당황스러움이 가시고 자신의 가치를 알아주는 사람을 만나 으쓱했다.

"여기서 밤샐 거야? 사부 파울! 그대가 챙겨야 할 사람은 노빈손이 아니라 바로 나, 왕자라고!"

"알겠습니다, 왕자님. 그럼 출발할까요?"

어느덧 해는 조금씩 서쪽으로 잦아들고 있었다.

●● 터키 땅에 댄스홀을 허하라!

말숙 ··· 안녕하세요? 치열한 가위바위보 끝에 가위를 낸 빈손이를 주먹으로 물리치고 MC가 된 나말숙이에요. 먼저 벨리 댄스계의 여신 피루제 오리 님을 만나 볼까요?

피루제 오리 ··· 반가워요. 벨리 댄스를 반짝이는 장식품 달고 추는 배꼽춤이라고 가볍게 보지 마세요. 원래 벨리 댄스는 풍요와 다산을 바라는 종교적인 의식이었어요. 하렘의 여인들이 술탄의 마음을 얻기 위해 벨리 댄스를  추면서 춤사위가 과감해졌죠. 복장도 몸의 곡선을 한껏 드러내게 변했고요. 일부 이슬람교도는 선정적이라며 벨리 댄스를 인정하지 않지만 지금은 어쨌든 터키를 대표하는 춤으로 자리 잡았지요.

말숙 ··· 그렇군요. 그런데 갑자기 빙글빙글 돌면서 나타나신 분이 있네요. 누구시죠?

젤라레딘 루미 ··· 나는 13세기의 시인이자 이슬람교 신비주의 종파인 메블라나 교단의 창시자, 메블라나 젤라레딘 루미. 내 춤을 바라봐. 신을 만날 수 있어.

말숙 ··· 도통 무슨 말씀이신지?

젤라레딘 루미 ··· 아랍어로 된 코란의 말씀이 어렵다면 이렇게 세마

(수피 댄스)를 추면서 알라를 만나시오. 아랍어를 알든 모르든 누구나 알라를 만날 권리가 있는 거잖소.

말숙 ⋯ 그냥 빙글빙글 돌면 되나요?

젤라레딘 루미 ⋯ 아니오. 우리 춤은 쉬워 보여도 몸짓 하나하나에 심오한 의미가 있소.

'우리 만남은 빙글빙글 돌고~
여울져 가는 저 세월 속에 좋아하는 우리 사이 멀어질까 두려워~~♬'
우선 계속 돌아야 하오. 신과 멀어지지 않도록. 그리고 양팔을 펴서 오른손은 하늘을, 왼손은 땅을 가리켜야 하오. 신에게 받은 축복을 세상에 널리 전한다는 의미요. 이때 고개를 지구 자전축의 기울기에 맞도록 23.5도 정도 기울여 주는 것이 포인트. 신과 인간의 관계를 태양과 지구에 비유하고 그 모습을 몸으로 표현한 것이지.

•• 리듬 속에 몸을 맡겨, 뮤직뮤직~

말숙 ⋯ 흥을 돋우는 데는 뭐니뭐니 해도 음악이 최고죠? 오스만 제국 곳곳엔 기타 비슷하게 생긴 악기의 반주에 맞춰 구슬픈 노래를 부르는 사람이 많던데요. 단순히 부인이 집을 나가서 그런 걸까요? 그리고 도대체 그 악기는 뭔가요?

익명의 작곡가 ⋯ 나처럼 여기저기를 떠도는 음유시인일 거예요. 나는 카페 등에서 사람들을 모아 놓고 즉흥적으로 만든 시와 노래를 들려주지요. 튀르크족 고유의 악기인 사즈의 연주에 맞춰서요. 내가 얼마나 인기가 많다고요. 또 '우드'라고 아랍에서 터키로 전해진 악기도 있어요. 우드는 유럽으로도 전해져 16~18세기 동안 '류트'라는 이름으로 많은 사랑을 받았지요.

우드

사즈

•• 신이 빚은 모습대로, 터키의 미술

말숙 ⋯ 오스만 제국에서 알아주는 화가, 시난 베이 님. 저의 미모를 그림으로 표현해 주신다면?

시난 베이 ⋯ 하하, 이슬람 세밀화에는 화가의 개성이 지나치게 나타나면 안 돼요. 특별하게 말숙 씨만 그리긴 어려울 것 같은데요. 또 우상 숭배의 우려 때문에 우리 그림은 벽에 걸릴 수도 없어요. 책 속에 삽화로만 들어갈 수 있지요. 가까이 있는 것은 크게 그리고, 멀리 있는 것은 작게 그리는 원근법도 쓰면 안 되지요. 저 하늘 위에서 세상을 굽어보는 신의 시선을 표현해야 하기 때문이에요. 신은 모든 사람을 평등하게 보시니까요.

오스만 세밀화

말숙 ⋯ 개성을 드러낼 수 없어서 답답하지는 않으셨나요?

시난 베이 ⋯ 수도를 이스탄불로 옮기고 나서부터 베네치아식 화풍이 들어오기 시작했어요. 사물을 있는 그대로 그리는 화풍에 우리 세밀화가들도 영향을 받았지요. 조금씩 그림에 개성을 드러내기 시작했답니다. 각 술탄의 특성과 성격을 반영해 초상화도 그리기 시작했지요. 왕궁에서 개최하는 행사 등도 기록으로 남기기 시작했고

7대 술탄 메흐메트 2세의 초상

요. 특히 술레이만 1세는 우리 화가들을 후하게 대접해 주어서 우리 화가들이 마음껏 그림을 그릴 수 있었어요.

말숙 ⋯ 역시 그 당시의 그림이 많이 남아 있는 이유가 있었네요.

3

가자! 신비의 도시로!

무스타파 왕자의 음모

퍽!

화려한 타일과 온갖 종류의 아라베스크 무늬가 새겨진 카펫으로 장식된 집회장에 들어오자마자 무스타파 왕자는 탁자 위에 놓여 있는 도자기를 집어 던졌다. 이즈닉 지방에서 30년 동안 도자기만 구운 장인이 한땀 한땀 꽃문양을 그려 넣은 귀중한 도자기였다.

하지만 무스타파는 신경질이 머리끝까지 차서 그런 것 따위는 안중에도 없었다. 술에물탄이 무언가 수상한 움직임을 보인다는 소식 때문이었다.

홀에 모인 각 지방의 시파히들은 그의 짜증이 빨리 지나가기를 따분한 표정으로 기다리고 있었다.

"황후가 말한 오스만 제국의 영광을 나타내는 보물, 그것을 우리가 먼저 찾아야만 해. 근데 보물이 어떤 건지도 모르잖아!"

술에물탄 왕자가 정원 축제에서 술탄에게 보물을 바칠 계획이라는 보고를 듣고 나서부터 무스타파는 잠이 오지 않았다.

쿠렘이 황후의 자리에 오른 날부터 자신의 앞날은 온통 먹구름으로 뒤덮였다. 황후는 무스타파 왕자와 술탄을 이간질하는 여러 계략들을 실행해 왔다. 술에물탄을 술탄의 후계자로 만들기 위해서였다.

'내가 꼭 술탄이 되어야 하는데!'

그러나 황후는 만만치 않은 상대였다. 전쟁 노예로 끌려와서 술탄의 마음을 사로잡고 황후에까지 오른 그녀였다. 게다가 결혼까지 해 버렸다. 지금까지 술탄은 어떤 여자와도 결혼한 적이 없었다.

"내가 장남인데! 아버지는 나에게 술탄의 자리를 줄 거라고 확실하게 말씀하지 않으신단 말이야. 사람 불안하게……."

한편 무스타파의 편을 드는 시파히들은 술탄의 개방 정책에 대해 불만을 품고 있었다. 인종과 가문, 종교 등을 보지 않고 무조건 능력만 있으면 높은 관직에 올려 주는 술탄 때문에 자신들의 밥그릇이 점점 작아지고 있었다.

'우리가 다 해 먹어야 하는데 말이야.'

'무스타파는 용맹한데다 머리도 좋고 무엇보다 팔랑귀인 점이 마음에 들어.'

시파히들은 무스타파가 술탄의 자리에 오르기만 하면 더 많은 권력을 여한 없이 누릴 작정을 하고 무스타파를 적극 밀고 있었다.

"첩보에 따르면 술에물탄 왕자 일행은 지금 그랜드 바자르에 있다고 합니다. 이 기회에 모두 없애 버릴까요?"

"하지 마. 아직은 때가 아니야. 그랬다가는 내가 제일 먼저 의심 받을 거야."

무스타파 왕자는 콧수염을 쥐어뜯으며 생각에 빠졌다.

무엇보다 보물이 무엇인지, 어디에 있는지 알아내야만 하는데.

"절대 술에물탄을 먼저 건드리지 마. 조심히 뒤를 밟으라고. 그들이 보물을 찾는 것을 기다렸다가 가로채 오면 되잖아. 오호호~, 오호호호~."

무스타파 왕자는 자신이 천재적인 계획을 떠올렸다고 생각하면서 요상한 웃음소리를 냈다.

 ## 들통난 추격자

사부 파울은 노빈손과 술에물탄을 끌고 그랜드 바자르를 벗어나 골목들을 이리저리 돌아다녔다.

계속 어딜 가냐고, 왜 이리 헤매냐고 투덜거리던 술에물탄은 사탕이 주렁주렁 매달린 나무 모형들, 좁은 골목길을 요리조리 잘 돌아다니는 마차, 온갖 무늬의 카펫들, 양철을 두들기며 냄비를 만드는 주물 가게, 양고기를 거꾸로 걸어 놓고 손님을 부르는 푸줏간 등에 시선을 뺏겼다.

노빈손은 배고픔을 참다 못해 터번 안에 비상식량으로 넣어 둔 터키식 젤리를 꺼내 오물오물 씹었다. 술에물탄은 싸구려 간식이라고 무시하다가 결국 노빈손이 내미는 젤리를 받아 먹었다. 사부 파울은 눈으로는 먹고 싶어 죽겠다고 신호를 보내면서도 점잖게 고개를 뒤로 젖히며 거절했다.

노빈손은 터번에 익숙하지 않아 머리가 가려웠다.

"우리 잠시 쉬었다 가요."

잠시 앉아 한숨 돌리는 동안 물품들이 섞이지 않도록 조심하면서 노빈손은 터번을 내려놓았다.

"계속 그거 벗고 있으면 사부 파울처럼 까맣게 탄다."

술에물탄의 말에 노빈손은 사부 파울을 쳐다보았다. 사부 파울은 머리에 아무것도 쓰지 않았다. 구불구불한 백발은 사방으로 자유분방하게 뻗쳐 있었다. 고개를 숙여도 머리카락은 그대로 위로 뻗어 있을 것 같았다.

'저 땟물이 흐르는 것 같은 피부는 터번을 안 써서 까맣게 탄 것이로구나.'

노빈손이 피부 생각을 해서 다시 터번을 쓰려는 사이, 근처 골목에서 어지러운 발자국 소리와 수군수군하는 소리가 들렸다.

"터번 벗은 머리통을 보니 쟤가 외국인 용병인가 봐."

"저 기이한 노인도 한패인가?"

"저 외국인 용병과 노인만 주시하면 따라다니기 정말 쉽겠어."

"야! 다 들리거든? 비겁하게 숨어 있지 말고 나왓!"

술에물탄 왕자가 벌떡 일어나 칼을 빼들었다.

"앗, 들켰다. 이왕 이렇게 된 거 포위해!"

노빈손 일행은 순식간에 검은 옷을 입은 사내들에게 둘러싸였다.
사내들은 노빈손 일행에게 일제히 칼을 겨누었다.

"이것들이! 지금 감히 누구에게 칼을 겨눠? 난 왕자다!"

이 상황에 아무 도움이 안 되는 대사를 내뱉기는.

노빈손은 칼을 쥔 술에물탄의 손이 부들부들 떨리고 있는 것을
보고야 말았다.

"미행이고 뭐고 다 들켰으니 이제 어쩐다?"

대장인 듯한 사내가 엄지손톱을 입에 넣고 물어뜯으며 고민에 빠졌다.

'이렇게 티 나게 하는 미행이 어디 있냐!'

노빈손은 외치고 싶었다.

"파울! 인생은 예측불허라더니, 만나자마자 죽는 건가……."

"그냥 다 끌고 가!"

생각을 정리한 대장이 고개를 돌려 사내들에게 명령을 내렸다.

그 순간 노빈손은 터번에서 컵을 꺼내 대장의 머리를 향해 던졌

다. 컵을 정통으로 맞고 대장이 휘청거린 순간 노빈손은 대장을 밀치고 포위에서 빠져나왔다.

"뛰어요!"

술에물탄과 사부 파울은 노빈손을 따라 뛰었다. 특히 사부 파울은 언제 여유롭게 다녔느냐는 듯 잽쌌다.

"잡아랏!"

노빈손은 터번에서 손에 잡히는 대로 온갖 물건을 꺼내 쫓아오는 사내들을 향해 던졌다. 숟가락, 포크, 꼬치구이용 꼬챙이, 빵, 신발 등등이 날아갔다. 심지어 비둘기까지 날아갔다.

'비둘기는 왜 넣었지?'

노빈손은 잠깐 어리둥절했다. 노빈손이 이것저것 물건을 던지고 있는 사이에 사부 파울은 지팡이로 바닥에 쌓인 흙먼지를 일으키고 옷자락을 펄럭여 먼지를 사내들 쪽으로 날렸다.

사내들이 주춤거리는 사이, 노빈손 일행은 젖 먹던 힘을 다해 뛰었다.

이윽고 카펫들이 잔뜩 널려 있는 골목에 다다랐고 노빈손 일행은 요리조리 카펫 사이로 숨어들었다.

"으악!"

정신없이 카펫을 헤치던 노빈손의 뒤통수에 갑자기 강력한 충격이 전해졌다. 노빈손은 그대로 까무룩 기절하고 말았다.

말숙이의 생존 능력

"빈손아, 일어나."

노빈손은 꿈속에서 케밥을 원 없이 먹고 있는데 누군가 발로 자신의 등을 툭툭 차는 게 느껴졌다.

아아, 잠깐만. 이거 하나만 먹으면 여기 있는 거 다 먹는데.

"야, 안 일어나?"

퍽퍽.

등짝을 커다란 돌멩이로 내려찍는 듯한 고통이 엄습했다. 익숙한 각도였다. 빈손은 침을 닦으며 번쩍 눈을 떴다.

"누구야? 이 맛있는 잠을 깨운 게."

"빈손아, 나야 나."

기차 화통을 삶아 먹은 소리인데 친근한 이 느낌?

노빈손은 벌떡 일어나 앉았다. 말숙이가 눈앞에 서 있었다.

"앗, 말숙아! 이게 웬일이야. 말숙아!"

노빈손은 말숙이의 목을 확 끌어안고 엉엉 울기 시작했다. 말숙이의 눈에도 눈물이 방울방울 맺혔다. 그러더니 노빈손보다 더 큰 목소리로 대성통곡을 했다.

"자, 이제 진정해."

한참 후 사부 파울이 한 쌍의 바퀴벌레 같은 연인을 떼어 놓았다. 그제야 진정이 된 노빈손과 말숙이는 그간의 사정을 나누었다.

말숙은 물어물어 벨리 댄스 학원을 찾아가는 데 성공했지만 탈의실에서 쪽문을 발견하고 호기심에 문을 열었다가 이상한 회오리에 빨려 들어갔다고 했다. 정신을 차리고 보니 오스만 제국 시대의 바자르 골목이었다.

"아휴. 내 사연 얘기하려면 사흘 밤낮을 새워도 모자라. 암튼 배도 고프고 어디로 가야 할지도 모르겠고, 그러다 카펫 공장에 취직한 거지. 오스만 제국은 음식이 맛있어서 그걸로 위안 삼고 지냈어."

"흠……, 역시 잘 먹었나 봐. 몸매가 아주 풍성해졌어. 아얏!"

노빈손은 옆구리에 전해지는 날카로운 통증에 비명을 질렀다. 말숙의 몸매에 대해 한마디하다가 제대로 꼬집힌 것이었다.

"아유, 내가 워낙 미식가잖니. 케밥에 꽂혀서 말이야."

"말숙아, 넌 어느 음식에나 꽂히잖아."

"됐어! 네가 미식의 세계에 대해 뭘 안다고 그래?"

말숙이는 카펫 공장에서 일을 하다가 케밥을 사 먹으러 밖으로 나온 길이었다. 그

터키의 카펫은 세계적으로 좋은 품질로 유명하다. 카펫의 무늬와 색깔에는 이야기와 의미가 들어 있다. 빨간색은 부와 행복, 기쁨, 초록색은 하늘이 내린 축복, 노란색에는 악을 물리치고픈 염원, 파란색은 고귀하고 장엄함 등이 담겨 있다. 터키 카펫의 특이한 점 중 하나는 매듭이 두 개라는 점이다. 그래서 터키 카펫이 다른 카펫보다 훨씬 튼튼하고 오래 간다. 터키인들은 자신의 카펫을 '아들을 위한 것'이라며 대를 물려줄 정도이다.

러다가 헐레벌떡 골목으로 뛰어 들어오는 노빈손 일행을 발견하고 공장 안으로 끌어당긴 것이었다.

"어쨌든 너무나 보고 싶었다고. 이제 하늘이 무너져도 떨어지지 말자!"

"응, 그러자! 우린 찰떡궁합이잖니. 그나저나 저 할아버지랑 비호감 청년은 누구야?"

말숙은 사부 파울과 술에물탄을 가리켰다.

"비호감? 나는 술에물탄 왕자다. 이 무슨 무례냐!"

"뭐? 술에 왜 물을 타? 술은 술이고 물은 물이지."

"말숙아! 이 사람이 오스만 제국의 왕자야. 믿기 어렵겠지만."

말숙은 눈이 휘둥그레져서 술에물탄을 다시 보았다. 아무리 봐도 비호감으로 안티 백만 명쯤은 달고 다닐 스타일인데. 말숙은 입맛을 쩝쩝 다셨다.

"죄송해요, 왕자님. 영 믿어지지가 않아서요."

"흥. 내가 보물 찾으러 다닌답시고 스타일이 좀 구겨져서 그래. 어쨌거나 용서해 주마. 지금 상황이 상황이니만큼."

"네, 뭐 그러시던가요."

'역시 말숙이는 때와 장소, 사람을 가리지 않고 당당해.'

노빈손은 새삼 감탄했다.

"그들은 누구였을까요?"

노빈손의 물음에 술에물탄 왕자가 대답했다.

"나를 호시탐탐 노리는 사람은 무스타파 왕자밖에 없어."

사부 파울은 고개를 끄덕였다.

"아무래도 무스타파 왕자가 보물에 대해 눈치챈 듯싶구나."

"아, 사부 파울, 진짜 말 안 해 줄 거야? 같은 편한테도 보물이 뭔지 안 알려 주면 어떻게 해?"

"왕자님, 때가 되면 자연히 알게 됩니다."

일행은 카펫 공장 구석에 모여서 앞으로의 작전을 짜기 시작했다. 일단 공장 밖으로 나가는 게 중요했다. 분명히 골목에 쫙 깔린 사내들이 눈에 불을 켜고 일행을 찾고 있을 텐데 그냥 나갈 수는 없

었다.

"내 체면이 있지. 여장을 어떻게 해? 난 왕자다."

입이 황새 부리만큼 나온 술에물탄은 말숙이가 조용히 주먹을 쥐자 입을 얼른 집어넣었다. 결국 술에물탄과 노빈손은 말숙이의 히잡을 나눠 쓰고 여장을 하기로 했다. 사부 파울은 긴 백발을 똥머리로 묶고 터번을 썼다. 지팡이도 카펫을 짜고 남은 실뭉치로 돌돌 말았다.

카펫 공장 사장

골목으로 나와 두리번거리는 그들을 보고 사람들이 수군거렸다. 독특하게 생긴 여성 세 명과 구부정한 노인 한 명. 딱 보기에도 변장을 하고 남의 눈을 피해 어딘가로 떠나는 일행의 느낌이었다. 히잡을 쓰긴 했지만 여자라고 하기엔 셋 다 뭔가 어색해 보였다.

그들은 그렇게 변장의 효과를 전혀 누리지 못하고 사람들의 이목을 받으며 골목을 걸었다. 특히 여장을 한 노빈손의 반쯤 가려진 머리가 화제였다. 사람들은 아예 노빈손 일행을 따라 움직이면서 그들의 모습을 관찰했다. 아이들은 노빈손의 옷자락을 잡아당기기도 하면서 호기심을 보였다.

"뭐야! 만지지 맛!"

아이들은 술에물탄을 툭 치고 도망가다 말고 까르르 웃었다.

"와! 목소리가 남자야. 남자가 변장한 게 아닐까?"

소스라치게 놀란 노빈손은 술에물탄의 귀에 대고 나지막히 속삭였다.

"지금 여장하셨거든요?"

아. 그렇지! 술에물탄은 그제야 히잡으로 몸을 감싸며 소녀처럼 수줍게 웃었다. 옷을 붙들고 있는 아이들의 손도 다정하게 떼어 놓았다.

다행히 그들이 일으키는 소란에도 불구하고 뒤를 쫓던 사내들은 나타나지 않았다.

맞은편 노천 카페에 각 잡고 앉아 물담배를 피우던 한 사내가 그들에게 다가왔다.

"저기, 아름다운 여성분들? 그리고 어르신. 무슨 급한 일이라도 있으신지요?"

사내는 여유롭게 웃으며 골목 벽에 기대섰다. 유난히 키가 크고 늘씬한 몸매의 소유자였다. 그는 길게 휘파람을 불었다.

"아유, 사장님. 지금 무슨 뱀 나오라고 휘파람을 불고 그래요?"

말숙이는 거드름 피우며 여유작작 하는 사내에게 타박을 주었다.

"우리 카펫 공장 사장님이셔."

말숙이는 사장이 일은 하지 않고 만날 골목에 나와서 역할극이나 하는 게 마음에 들지 않았다. 게다가 저 머리는 뭐니? 터번도 쓰지 않고 기름을 잔뜩 발라서 넘긴 앞머리는 완전 느끼함의 결정체였다.

사장은 툭하면 말숙이를 골목으로 불러내서 지나가는 여인 역할을 시키곤 했다. 자신의 배역은 그녀에게 반해 청혼하는 모던 보이라나 뭐라나. 지금은 카펫 공장의 사장이지만 그의 원래 꿈은 배우였다.

말숙이는 사장의 옆구리를 따끔하게 찔러 줄까 하다가 꾹 참았다.

"귀인이 동쪽에서 나타난다더니, 아니, 아니지. 당황하다 보니 이제 헛소리가 막 나오는구먼. 검은 옷을 입은 사내들이 지나가는 것을 못 보셨소?"

"어르신, 사내들이 뭐하러 몇 명씩이나 필요합니까? 저처럼 멋진 사내 한 명만 있으면 되지요. 그나저나 이 여인의 가족은 처음 만나는군요. 언니 분에게 인사를 드려야겠네요."

사내는 휘파람을 거두고 긴 다리를 움직여 성큼 다가와서는 술에 물탄의 손을 잡고 손등에 뽀뽀했다.

우웩!

노빈손은 속이 미식거려 죽을 것 같았다.

"아리따운 누님, 저는 당신의 여동생에게 첫눈에 반했습니다! 우리를 허락해 주시겠습니까?"

"어디서 감히 날 찍고 난리야? 하긴, 내가 좀 매혹적이지. 꺼지지 않는 이놈의 인기란."

술에물탄은 히잡으로 얼굴을 가리며 최대한 여성스러운 목소리를 냈다.

"그쪽이 아니라 이쪽 말입니다."

카펫 공장 사장은 가볍게 술에물탄을 무시하고 막무가내로 말숙이의 손을 잡고 무릎을 꿇었다. 그리고 버터를 백만 숟가락쯤 삼킨 듯, 느끼한 몸짓으로 말숙이의 손등에 키스를 했다. 노빈손은 기가 막혀 말을 잃었다.

음……, 물론 말숙이가 매력적이긴 하지만 첫눈에 반할 정도는 아닌데. 이 남자의 미적 기준이 심히 의심스러워지는 순간이었다.

"사장님 마음은 알겠지만 전 임자가 있는 몸이라."

말숙이는 익숙한 듯 도도하게 고개를 쳐든 채 손을 뺐다.

술에물탄은 자존심이 상했다. 아무리 여장을 했다고 해도 매력

하면 자기가 오스만 제국에서는 최고라고 자부하고 있던 터였다.

노빈손은 노빈손대로 자존심이 상했다.

'나말숙은 내 여자 친구인데!'

그러나 여장한 노빈손은 지금 그런 말을 할 수가 없었다.

"이렇게 들이대면 파울! 여보시오. 우리가 지금 중요한 보물을 찾으러 가야 하거든. 구혼 같은 것을 받아줄 여유가 없소."

사부 파울이 나서서 이 애매한 상황을 정리하려고 했다.

말숙이는 오만한 표정을 지었다.

'나의 마력이야 나라를 불문하고 치명적이지. 누가 나에게 반하지 않고 견딜 수 있겠어?'

차도녀 나말숙은 빈손이와 술에물탄에게 나누어 준 바람에 짧아져 버린 히잡으로 애써 얼굴을 가리면서 몸을 홱 틀었다.

"사장님, 지금 우리가요, 엄청 큰일을 앞두고 있거든요? 도와주시지 않을 거면 얼른 들어가서 공장 관리나 하세요."

"아, 예. 제가 실수했군요. 제 소개가 늦었습니다. 저는 무스바른 케말이라고 합니다. 튀르크족의 후예이자 카펫 공장 사장이지요. 한 여인만 바라보는 순정파 사나이입니다."

여기까지 얘기하고 무스바른 케말은 말

숙이를 향해 윙크를 날렸다.

"우리는 갈 길이 구만리요. 카파도키아로 가야 하오."

사부 파울이 불쑥 말을 꺼냈다.

"그 먼 카파도키아까지 간단 말이야? 거기에 보물이 있는 거야?"

술에물탄은 히잡이 흘러내리는 것도 잊은 채 사부 파울 곁으로 다가갔다.

"카파도키아에는 데린구유라는 지하 도시가 있지요. 박해를 피해 기독교인들이 땅을 파서 지하에 세운 도시예요. 보물이 그곳에 있어요. 데린구유로 가는 길은 아무도 모릅니다. 나 외엔."

역사 만화책에서 봤던 신비의 지하 도시, 데린구유를 말씀하시는 건가? 술에물탄이 데린구유를 알 리는 없었다. 그 도시는 1960년대에 와서야 발굴되었으니까. 노빈손은 새삼 자신이 오스만 제국에서 헤매고 있다는 사실이 실감났다.

"흠, 그렇다면 보물은 무엇인가요?"

사부 파울은 단호한 표정을 지었다.

"일단 가서 알려 주마. 그런데 걸어서 가려면 몇 주는 걸릴 텐데."

술에물탄은 한숨을 내쉬었다. 여기서 카파도키아까지 걸어서 한 달 이상, 아무리 빨리 걸어도 족히 2주 이상은 걸릴 게 분명했다. 그렇게 먼 곳까지 가야 하는데 여유

지하 도시 데린구유

카파도키아에는 대규모 지하 도시가 있는데 정확하게 언제 만들어졌는지는 밝혀져 있지 않다. 히타이트 시대 즈음에 생기기 시작했는데 로마 시대에 기독교 탄압을 피해 기독교인들이 들어와 확장하여 건설했다고 한다. 석회암 지질로 이루어져서 굴을 파기가 쉬운 지형적 특징을 이용했다. 지하 도시는 곳곳에서 발견되었는데 그 가운데 데린구유가 가장 유명하다. 데린구유는 총 8층으로 이루어져 있으나 관광객들이 실제로 관람할 수 있는 지역은 10%도 되지 않는다.

를 부린 사부 파울이 답답했다.

간신히 카파도키아까지 간다고 해도 한 달 뒤에 열릴 술탄의 정원 축제에 맞춰 이스탄불로 오기는 불가능했으니 말이다.

 ## 말숙, 청혼받다

"이럴 줄 알았으면 말이라도 구해 놓을 것을. 아니지, 이것도 신의 뜻일 터! 분명 우리에게 또 다른 길을 열어 주실 거야."

사부 파울이 태연하게 말했다.

"아 예! 바로 그겁니다! 오케이!"

무스바른 케말이 머리를 쓸어 넘겼다. 무스바른 케말이 다시 한 번 윙크했을 때 말숙이는 더 이상 참을 수가 없었다.

"저기, 사장님……."

"아름다운 아가씨! 저를 멋진 분이라고 불러 주시겠어요?"

"멋진 분이고 자시고, 빨리빨리 얘기 좀 해 주실래요? 진짜 답답해서 숨 넘어갈 거 같거든요?"

말숙이가 눈을 한번 부라리자 무스바른 케말은 잽싸게 진지한 태도로 바꾸었다.

"그러니까 제가 여러분을 돕겠다 이 말이죠. 저에겐 말이 다섯 마리 있습니다. 제 명마들을 타고 카파도키아까지 잽싸게 가면 되지요. 마침 인원수도 맞으니까 총알 말처럼 이용하시면 됩니다."

"정말요?"

노빈손은 자신도 모르게 환한 미소를 지으며 무스바른 케말의 손을 덥석 잡았다. 그러자 케말은 그 손을 맞잡으면서 이글이글 불타는 눈빛을 쏘았다.

"대신 저에게 한 가지 약속해 주셔야 합니다."

"뭔데요?"

케말의 눈빛에 불타서 재가 될 것만 같은 노빈손은 잡힌 손을 빼려 몸부림치며 물었다.

"여동생과의 결혼을 허락해 주십시오. 검정콩같이 작은 눈, 오동통한 볼, 납작한 코, 튼실한 몸매……, 헤아릴 수 없는 매력! 이 작전이 끝나면 당신의 여동생에게 청혼하겠습니다. 이 시대 최고의 모던 보이인 저로서는 배우자도 선진적으로 맞아들이고 싶습니다. 전형적인 미인은 너무 싫어요."

"내가 전형적인 미인인데 무슨 소리야."

말숙이는 씩씩거리며 콧김을 내뿜었지만 아무도 신경 쓰지 않았다.

술에물탄은 무스바른 케말의 말에 호기

고구려와 튀르크족이 형제의 나라로 긴밀한 관계였다는 이야기가 있지만 역사적 근거가 희박하다. 6세기 무렵, 돌궐은 그 세력을 넓히며 고구려를 자주 침략했다. 고구려는 돌궐을 막는데 신경 쓰느라 신라에게 한강 유역을 뺏기기도 했다. 돌궐과 고구려는 6세기 후반 수나라에 대항하기 위해 잠시 동맹을 맺기도 했지만 돌궐이 고구려를 적극적으로 도왔다는 기록은 없다. 당나라에 의해 멸망한 돌궐은 당나라 용병이 되어 고구려에 쳐들어가기까지 했다고.

심이 생겼다.

'하긴 전형적인 미인은 깔렸지. 궁에만 가도 지겹도록 볼 수 있는 얼굴들 아닌가 말이다. 사람은 매력이 중요한 법이지, 나처럼.'

무스바른 케말은 자아도취에 빠져 들고 있었다.

"저는 시대의 개척자, 터키의 공식 모던 보이로서, 이 사회가 유지하고 있는 일부다처제의 인습을 버리고 새로운 세계로 나아갈 것입니다. 집안과 가문을 무시하고 오로지 사랑 하나만으로 일부일처제를 이루는 급진적 삶! 아아, 너무 멋지지 않습니까? 저의 혁명적 삶에 동참해 주시겠습니까?"

무스바른 케말은 자신의 이상을 얘기하면서 너무 흥분한 나머지 노빈손의 이마에 침을 마구 튀겼다. 그러고서 사부 파울을 향해 큰 절을 했다.

"아버님, 정식으로 인사드리옵니다. 이 작전이 끝나면 댁으로 찾아가 폼 나는 공개 청혼을 하겠습니다. 허락해 주십시오!"

'내가 누군가의 아버지란 말이지. 허허.'

얼결에 말숙이의 아버지가 된 사부 파울은 묘한 기분이 들었다.

"그렇지! 일부다처제든 뭐든 그게 중요한 게 아니야. 사랑! 그것이 중요한 것이지. 믿음·소망·사랑 중에서 그중 으뜸은 사랑이라 했네. 신은 사랑이야. 그리고 그 사랑을 방해하는 모든 것은 우리가 극복해야 할 것들이지. 집안과 가문, 모두가 입을 모아 말하는 전형적인 여성상과 고정관념을 뛰어넘는 자네가 난 자랑스럽네!"

사부 파울은 동료를 한 명 더 만난 듯한 느낌에 기운이 솟았다. 세상에는 나와 뜻을 함께하는 훌륭한 사람이 넘쳐난다. 이런 멋진 사람들을 만나기 위해 자신이 세계 곳곳을 떠도는 것이 아니겠는가. 사부 파울은 가슴이 벅차올랐다.

"사부 파울, 지금 무슨?"

노빈손이 볼멘소리를 하자 말숙이는 얼른 노빈손의 입을 틀어막았다.

"그래요. 그럼 사장님이 우리를 도와주세요. 카파도키아로, 총알 택시 아니 총알 말로! 고고고!"

푹 빠져 드는 터키 음식 삼매경

오스만 제국이 유럽, 아프리카, 아시아 대륙을 다스렸던 덕에 터키는 요리법이 다양해. 게다가 천혜의 자연환경 덕분에 신선하고 다양한 식재료도 가득하지. 그래서 터키 요리는 중국, 프랑스와 함께 세계 3대 요리로 꼽혀.

●● 차이

터키인에게 가볍게 인사를 건네면 그 사람은 따뜻한 차 한 잔을 권할 거야. 터키 사람들의 정을 담아서. 터키 전통 차를 '차이'라고 하는데, 보통 아래가 볼록한 모양의 귀여운 찻잔에 마셔.

터키인들은 아침에 일어나서 밤에 잘 때까지 차이를 15잔 이상은 마신대. 단 걸 좋아하기 때문에 차에 각설탕을 넣어 마시지. 차이는 2단으로 된 주전자에 끓이는데 아래 주전자에는 물을, 위에는 차이 가루를 넣어. 아래 물이 끓으면 위 주전자에 차이 가루가 잠길 정도로 뜨거운 물을 부은 뒤 아래 주전자에 찬물을 섞고 다시 끓이지. 그렇게 만든 차이 엑기스에 물을 타면 차이 완성!

●● 케밥

터키 음식의 대표 주자 케밥은 되뇌르 케밥, 쉬쉬 케밥, 해안가에서 파는 고등어 케밥까지 종류도 다채롭지.

되뇌르 케밥 회전한다(되뇌르)는 뜻처럼 양고기, 소고기를 큰 꼬치에 켜켜이 끼워 넣어 원통형으로 만든 다음 빙글빙글 돌려 익혀. 익힌 부분을 칼로 썰어 각종 야채를 곁들여 얇은 빵에 싸먹지.

쉬쉬 케밥 꼬치(쉬쉬)에 야채와 양고기를 끼워 구운 케밥이야. 구운 고기 맛이 숯불 바비큐와 비슷해.

교프테 잘게 다진 고기를 뭉쳐서 구운 요리야. 우리나라의 떡갈비라고 생각하면 돼.

•• 아이란

터키에서 요구르트가 처음 만들어졌다는 사실, 알고 있어? 터키인의 조상인 튀르크족이 유목 생활을 할 때 양젖을 발효시킨 뒤 유지방을 걷어 내고 걸쭉한 액체를 만들었대. 여기에 물을 넣고 묽게 해서 소금을 뿌려 먹는 것이 아이란이야. 우리가 슈퍼에서 사 먹는 요구르트는 달지만 아이란은 약간 시큼하고 짭짤한 맛이나. 터키인들은 매끼 식사 때마다 아이란을 마신다고 해.

•• 쿰피르

독일인만 감자를 좋아하는 게 아니야. 터키인들도 감자를 즐겨 먹어. 보스포루스 해변을 걷다 보면 길거리 음식을 많이 파는데 그중 유명한 음식이 쿰피르야. 쿰피르는 터키의 감자 샐러드라고 생각하면 돼. 오븐에 구운 감자를 반으로 잘라 칼집을 낸 뒤 그 위에 치즈, 옥수수, 올리브, 피클, 버섯, 소시지, 요구르트 등 다양한 토핑을 얹고 숟가락으로 비벼 먹지.

•• 바클라바

터키인들은 달콤한 간식을 참 좋아해. 그중에서도 바클라바가 유독 달아. 도톰한 페이스트리 안에 달콤한 꿀과 고소한 호두, 아몬드 같은

견과류가 듬뿍 들어 있거든. 한 조각의 열량이 김밥 한 줄(약 400kcal)이랑 똑같다고 하니 맛있다고 많이 먹지 말길. 터키인들은 집들이나 생일잔치에 초대되었을 때 바클라바를 선물한다고 해.

또 군대에 가는 아들에게 어머니가 바클라바를 해 준대. 또 명절에 식구들이 모이면 바클라바를 만들어 먹는단다.

●● 에크멕

터키에서는 밀의 생산량이 많아서 빵의 종류가 다양해. 그중에서 에크멕은 우리나라의 쌀밥이라고 생각하면 돼. 터키인의 주식이니까 말이야. 터키 시골 마을에선 매일 아침마다 '에크~메엑~!' 하고 빵집 주인이 외쳐. 그러면 사람들이 그날 먹을 에크멕을 사러 가지.

●● 피데

피데는 터키식 피자야. 피자처럼 넓게 반죽한 빵에 다양한 야채와 고기를 얹어 화덕에 구워 내. 피자와는 달리 치즈가 없는 것이 특징이지.

•• 라흐마준

피데와 비슷한 음식이야. 피데보다 얇은 밀가루 반죽 위에 다진 고기와 야채, 향신료를 버무린 토핑을 얹어 굽지. 먹을 때는 파슬리와 레몬즙을 뿌려 돌돌 말아 먹어. 매콤한 맛

이 터키 요구르트 아이란과 잘 어울려. 길가에서 파는 음식 중 가장 저렴해서 주머니 사정이 여의치 않은 배낭 여행객에게 아주 고마운 음식이라고.

•• 돈두르마 아이스크림

터키의 정통 아이스크림 돈두르마! 쫀득쫀득 가래떡처럼 늘어나는 신기한 아이스크림이야. 뜨거운 한낮, 돈두르마 하나면 더위 끝이지. 터키의 거리 곳곳에서 아이스크림 가게 주인들이 현란한 손동작과 함께 돈두르마를 만들어 준단다. 공기함유율이 0%이기 때문에 이렇

게 잘 늘어나는 거래. 카라멜처럼 입 안에 쩍쩍 붙는 그 맛이란! 요즘에는 한국에서도 돈두르마가 인기야.

4
보물을 찾아라

 # 지하 도시의 입구

말을 타고 3일 동안 꼬박 달려 도착한 카파도키아는 기암괴석들이 즐비해서 기묘한 분위기를 자아내는 곳이었다. 주변의 에르지예스 산과 하산 산의 화산 활동으로 형성된 곳이라더니 풍경이 마치 우주의 어느 행성 같았다.

특히 바람과 기후 때문에 특이한 모양으로 만들어진 돌기둥들은 자연의 신비로움을 생생하게 증명하고 있었다. 버섯 모양으로 우뚝 솟은 그 모습은 카파도키아의 상징이었다.

"와아! 무슨 영화 촬영지에 온 것 같아요!"

말숙이는 놀이동산에 온 것처럼 들떠서 환호성을 질렀다.

"10년 전이나 지금이나 역시 신비롭군. 미스터리한 이 장관! 신의 손길이 고스란히 느껴져!"

사부 파울은 10년 전에 사람들을 모아 놓고 돌산 위에서 설교를 했던 그때를 추억하며 눈을 감았다.

"자, 지금 이렇게 감탄만 하고 있을 때가 아니야. 얼른 움직이자고. 데린구유 앞까지는 이렇게 왔지만, 사실 입구가 어디인지는

나도 이제부터 찾아야 한다네. 보물이 있는 곳까지 길은 제대로 찾

을 수 있으려나? 간만에 오니 헷갈리네."

"네에?"

일행 모두 입을 딱 벌렸다. 길을 모른다고? 사부 파울만 믿고 왔

는데 날벼락 같은 소리였다.

"아, 아니 그게 아니고, 다 기억나는 데 약간 헷갈린다고…… 쩝."

사부 파울은 모두의 원망 섞인 눈초리를 애써 피하며 어찌어찌 지하 도시로 들어가는 입구를 찾았다. 그런데 어둡고 축축하고 비좁은 지하의 길들 때문에 좀처럼 앞으로 나아갈 수가 없었다.

"이 길이 맞긴 맞는 거예요?"

모두가 땀을 뻘뻘 흘린 채 바닥에 주저앉았다.

"아이고. 나는 왕자, 아니 공주인데……, 이 무슨 고생이람. 엄마, 사부 파울 저 노인, 믿을 사람이 못 돼."

술에물탄은 혼자 웅얼거리며 땀을 닦았다. 처음 겪는 고생에 어찌할 바를 몰랐다. 전투에 참가를 해도 결정적인 순간에만 나서서 싸우기 때문에 이런 과정을 겪은 적이 없었다.

"아웅~, 진짜 힘들다. 너무 습하고!"

노빈손은 습한 곳에서는 히잡이나 터번 등 오스만 제국의 옷차림이 불편하다는 사실을 깨달았다. 당장 모든 걸 벗어 던지고 싶었다.

"땀 나시죠?"

사람 좋은 미소를 지으며 무스바른 케말이 손수건을 내밀었다.

'아, 이 느끼남이 이제 나한테까지?'

노빈손은 기분이 약간 나빠지려고 했다.

"우리 말숙이 언니시니까 점수 좀 따야죠."

우리 말숙이? 노빈손은 벌떡 일어나서

느끼남의 얼굴 기름기를 수세미로 빡빡 닦아 주고 싶은 마음이 불기둥같이 솟구쳤다. 그러나 꾹 참고 손수건을 받아들었다.

사실 느끼하긴 해도 명품 매너에, 카펫 공장 사장이면 직업도 안정적이고. 혹시나 말숙이가 정말로 좋아하게 될까 봐 불안했다.

그때 어디선가 서늘한 바람이 느껴졌다. 뒤쪽 어두운 공간에서 불어오는 것 같았다. 노빈손은 뒤로 한 발 물러났다. 훨씬 시원했다. 노빈손은 뒷걸음질 치며 술에물탄의 옷자락을 잡았다.

"이쪽으로 와 봐요. 훨씬 시원해."

"어허, 빈손. 감히 나를 만져?"

술에물탄은 빈손의 옆구리를 쿡쿡 찔렀다. 그때 노빈손이 술에물탄의 옷자락을 잡은 채로 뒤로 벌러덩 미끄러졌다. 그리고 무언가 엄청난 힘이 자신을 끌어당기는 것을 느꼈다.

 ## 신비의 정원사

툭툭툭!

눈을 뜨자 노빈손은 머리가 깨질 듯이 아파 왔다. 누군가가 머리를 계속 두드리고 있는 것만 같았다.

관자놀이를 누르면서 정신을 차려 보니 어두컴컴한 바위 위에 자신과 술에물탄이 누워 있었다.

노빈손은 옆에 누워 있는 술에물탄을 깨웠다. 겨우 눈을 뜬 술에물탄은 온몸에 감기는 축축한 한기에 으슬으슬 떨었다.

툭툭툭.

노빈손이 화들짝 놀라 소리가 나는 쪽으로 고개를 돌렸다. 자신의 머리 쪽에서 나는 소리는 아니었다. 저 멀리서 어떤 사람이 바위에 대고 계속 망치를 내리치고 있었다.

"헉. 뭐지? 누구지?"

술에물탄은 히잡을 고쳐 썼다.

"아, 일어나셨어요?"

망치질을 하던 사람이 벽에 걸려 있는 횃불을 끌어내려 손에 들고는 노빈손과 술에물탄 쪽으로 다가왔다.

"으악! 유령이다!"

노빈손과 술에물탄은 동시에 비명을 질렀다.

"전 유령이 아니랍니다."

온화한 목소리의 그 사람은 옷차림도 소박했다. 하지만 얼굴은 밀랍을 뜬 것처럼 하얀 빛이라 유령처럼 보였다.

"당신 누구야? 어떻게 된 거지? 우린 왜 여기 있는 거야?"

술에물탄은 경계심을 풀고 폭포수처럼 한꺼번에 질문을 쏟아 냈다.

"두 분이 여기 입구에 쓰러져 있어서 제

가 좀 돌봐 드렸어요."

"잉? 내가 왜?"

술에물탄은 머리를 긁적였다. 빈손과 함께 깊은 구덩이 속으로 떨어진 것까지는 기억이 났다.

그 구덩이는 이곳으로 오는 지름길이었던가? 정신을 차리고 보니 사방에 꽃향기가 진동했다. 이곳은 지하 도시의 신비 정원이었던 것이다. 노빈손은 천천히 주변을 둘러보았다.

군데군데 켜진 횃불의 빛에 비친 광경은 그야말로 장관이었다. 형형색색의 꽃들이 넓은 공터를 가득 채우고 있었다. 마치 색의 견본표를 보는 듯 온갖 색깔이 끝도 없이 이어져 있었고 그 꽃들이 경쟁적으로 품어 내는 향기가 아찔했다.

"당신 누구냐니까?"

"아, 저는 지하 도시의 정원사입니다. 대를 이어 정원을 돌보고 있어요."

"정원? 이 칙칙한 데서 무슨 정원이야?"

"지상으로 통하는 구멍들을 통해 햇빛이 들어오고, 지상에서 들어오는 빗물을 모으면 지하 동굴 안에서도 정원을 가꿀 수 있답니다. 세상에서 단 하나뿐인 초승달 튤립도 이곳에서 피어나지요."

"오오! 정말 신기해요!"

노빈손이 감탄하자 사내는 빙긋 웃었다.

노빈손은 눈을 감고 지하 정원의 향기를 맡았다. 모든 것을 정화
시켜 주는 것만 같았다.

"앗!"

노빈손은 향기를 맡다 말고 짧은 비명을 질렀다.

"다른 사람들은?"

"아, 맞다!"

술에물탄도 그제야 생각난 듯 노빈손을 바라보았다.

138

"여기로 떨어진 건 우리 둘뿐인가요? 일행이 더 있거든요."

노빈손의 물음에 정원사는 고개를 뒤로 젖혔다.

"글쎄요, 제가 왔을 때는 두 분만 나란히 침을 흘리며 잠들어 있었는데……."

"헤비급 여자애랑 머리에 기름 바른 느끼한 남자랑 지팡이를 든 백발의 노인을 정말 못 보셨나요?"

사내는 무언가 곰곰 생각하는 눈치였다.

"아, 지팡이를 든 백발의 노인이라면? 혹시 사부 파울 님을 말씀하시는 건가요?"

노빈손은 그 말을 듣자마자 반가운 나머지 격하게 사내를 얼싸안았다. 사내는 부담스러운 표정을 지으며 노빈손을 살짝 밀어냈다.

"맞아요! 사부 파울 할아버지!"

"흠, 그 분은 몇 년 전에 이곳에 들르신 이후로는 통 뵐 수가 없어요. 다른 곳은 지하 도시의 흔적이 없어진 지 오래지만 이곳 지하 정원만은 계속 유지되고 있죠. 사부 파울은 이곳에 오면 영감을 얻을 수 있다고 말씀하셨어요. 특히 초승달 튤립 같은 세상에서 둘도 없는 보물이 있는 곳이니 잘 지켜야 한다고 올 때마다 말씀하셨죠."

"이게 초승달 튤립?"

술에물탄이 불타는 꽃송이들 가운데 튤립 한 송이를 꺾어 들고 만지작거렸다.

"초승달 무늬 튤립을 가지는 사람이 오스만 제국의 진정한 군주가 된다는 전설이 있지. 정원사야, 나는 왕자다. 술탄의 상징인 이 튤립은 내가 가져야만 하지 않겠니?"

"내참. 꽃을 꺾어서 가면 금방 시들어 버릴 텐데요. 안 됩니다. 다른 곳에는 없고 이 정원에서 유일하게 자라는 꽃이니까요."

정원사는 기분 상한 듯 톡 쏘았다. 노빈손은 술에물탄 곁으로 다가가 초승달 튤립을 유심히 쳐다보았다.

노빈손의 똘망똘망한 표정을 보자 정원사는 설명을 해 줘야 할 것 같은 정원사로서의 의무감에 사로잡혔다.

"신기하죠? 아버지 말씀이 바위 구멍을 통해 밤에 비쳐 드는 달빛에 물이 든 것 같대요. 사실 초승달 무늬는 바이러스 때문이지만요. 아무래도 식물들은 온갖 바이러스에 걸리게 마련이거든요. 하지만 지하 도시의 식물들은 나름 적응해서 튼튼하게 살고 있어요. 초승달 튤립은 그 과정에서 생긴 거예요."

술에물탄은 갖고 싶은 것을 못 갖는 것이 태어나서 처음이라 뾰로통해 있었다. 반면에 노빈손은 진정성을 가득 담은 초롱초롱

튤립 투기가 활발하던 무렵, 사람들은 튤립에 등급과 이름을 붙였다. 최고 인기 품목은 얼룩말 무늬가 생기는 튤립이었다. 이 튤립의 알뿌리는 아주 비싼 가격에 팔렸지만 이 알뿌리에서 얼룩말 무늬의 튤립이 핀다고 장담할 수 없었다. 튤립의 특이한 무늬는 사실 바이러스에 걸려서 생긴 것이기 때문이었다. 하지만 낮은 등급의 알뿌리에서 희귀한 무늬의 튤립이 핀다면 큰돈을 벌 수 있어서 사람들은 너도나도 튤립 투기에 뛰어들었다.

눈빛으로 정원사를 바라보았다.

"이 전설의 꽃이 지하 도시에만 갇혀 있는 것은 너무 안타까워요. 바깥에 있는 사람들도 이 아름다움을 즐겨야만 하지 않을까요? 물론 밖으로 가져가면 금방 죽을 수도 있겠지만 그래도 여기서 정원사님이 이렇게 잘 돌봐 주고 계시니 초승달 튤립은 계속 보존될 수 있을 거예요. 그냥 알뿌리 몇 개만 분양해 주시면 안 될까요?"

노빈손의 간절한 눈빛에 정원사는 헛기침을 몇 번 했다. 막무가내로 꽃을 달라고 떼쓰는 술에물탄과는 달리 논리 정연하게 이유를 말하는 노빈손은 속이 꽉 찬 청년이라는 생각이 들었다.

정원사는 한참을 고민하더니 구석의 나무 상자에서 알뿌리 서너 개와 몇 개의 씨앗을 빈손에게 건넸다.

"청년의 눈빛을 보고 드리는 겁니다. 정말 잘 키워 주세요. 혹시 모르니까 씨앗도 드릴게요. 튤립은 씨앗으로 키우는 게 거의 불가능하지만 정성이 하늘에 닿으면 가능할 수도 있지요. 튤립을 부~탁해요~."

노빈손은 알뿌리를 받아들고 정원사와 악수를 몇 번이나 했다. 역시 진심은 통하는 법이야! 노빈손은 알뿌리를 소중히 품속에 잘 간직했다. 그리고 씨앗은 술에물탄에게 건넸다.

살짝 삐쳐 있던 술에물탄의 얼굴에 그제

야 화색이 돌았다. 술에물탄은 히잡 주름 사이에 씨앗을 끼우며 휘
파람을 불었다.

'아, 나는 전설의 튤립까지 손에 넣은 위대한 왕자야.'

그 뒤로도 오랫동안 쇠 긁는 소리 같은 술에물탄의 휘파람은 멈
출 줄 몰랐다.

 # 인질을 구하라

"아얏!"

어두컴컴한 미로를 헤매다가 노빈손은 엉덩방아를 찧고 말았다.
정원사는 바깥으로 통하는 출구를 친절하게 설명해 주었지만 이렇
게 둘이서만 돌아갈 수 없었다. 나머지 일행을 찾아야 했던 것이다.

엄살을 떨며 엉덩이를 문지르다 말고 노빈손은 동작을 멈추었다.
축축한 바닥에 반짝이는 물건이 떨어져 있었다. 노빈손은 홀린 듯
그것을 집어 들었다. 푸른빛이 은은히 돌고 있는 특이한 모양새의
보석이었다.

"이게 뭐지?"

술에물탄이 보석을 유심히 살펴보더니 갑자기 소리를 질렀다.

"이건 나자르 본죽의 깨진 조각이야. 왕궁에서만 쓰이는 일등급
인데 이게 여기에 왜?"

"사부 파울이 우리에게 길을 알려 주려고 남긴 게 아닐까요?"

"글쎄. 왕족들만 가지고 있는 건데……."

술에물탄은 미심쩍은 표정을 지었다.

"어쨌거나 무슨 표식 같으니 이쪽으로 가 봐요."

빈손은 어리둥절해 있는 술에물탄을 끌고 안으로 들어갔다.

한참을 들어가니 여러 기구가 놓여 있는 음침한 공간이 나왔다. 무기 창고 같은 곳으로 쓰이는 공간인 듯싶었다.

'어랏?'

빈손은 한쪽 구석에 모닥불을 피웠던 흔적을 발견하고 가까이 다가갔다. 음식을 해 먹은 듯 재와 그릇들이 뒹굴고 있었다.

"쉿!"

노빈손은 재를 들쑤시는 술에물탄의 어깨를 잡았다. 다른 쪽 구석에서 불빛이 아른거렸다. 나무 상자가 높이 쌓여 있었고 몇몇 사람의 실루엣이 보였다.

빈손은 낮은 포복으로 천천히 불빛 근처로 다가갔다.

꼴깍, 술에물탄의 침 넘어가는 소리가 약하게 울렸다.

마침내 나무 상자에 기대어 잠든 보초병들의 모습이 보였다. 노빈손은 보초병들 코앞에 손을 흔들어 그들의 상태를 확인했다.

그리고 한쪽 구석에 팔다리가 묶이고 재

갈이 물린 채 지친 표정으로 앉아 있는 일행을 발견하자 노빈손은
너무 반가워서 하마터면 소리를 지를 뻔했다.

사부 파울은 눈썹을 꿈틀거리며 묶여 있는 팔다리를 가리켰다.
노빈손과 술에물탄은 꽁꽁 묶여 있는 밧줄을 열심히 풀기 시작했다.
너무 긴장한 탓인지 손이 마구 떨리고 속이 답답했다.

밧줄을 거의 다 풀었을 즈음, 노빈손은 입 안에 가득 고인 침을
삼켰다.

꼬억.

침을 삼키던 노빈손의 입에서 경쾌한 트림소리가 팡 터져 나왔
다. 그 소리에 잠을 자던 보초병 중 한 명이 눈을 떴다.

노빈손과 술에물탄은 잽싸게 몸을 숨겼다.

"헉. 누구냐!"

보초병은 나머지 보초병들을 흔들어 깨웠다. 얼른 횃불을 챙겨
들고 소리가 나는 쪽을 비추니 정체를 알 수 없는 반질반질한 덩어
리가 불쑥 솟아올라 있는 것이 보였다.

"으악! 뭐야?"

병사들의 비명과 동시에 노빈손은 술에물탄의 등을 옆으로 확 밀
었다. 심각한 상황이 되자 술에물탄은 백 미터 달리기 선수처럼 재
빠르게 뛰었다.

밧줄이 풀린 무스바른 케말은 벌떡 일어나 보초병들에게 발차기를 날려 벽 쪽으로 밀어붙였다. 그러고서 잽싸게 입구 쪽으로 달려 나갔다.

노빈손은 사부 파울의 손을 잡고 뛰기 시작했다. 보초병들이 아픈 배를 움켜쥐며 사태 파악을 하고 있는 사이에 말숙이는 어쩔 줄 몰라 하다가 어두운 곳을 찾아 뛰어들었다.

"귀신이야? 괴물이야?"

"헉. 인질들이 없어졌어!"

"이런! 잡아랏!"

보초병들은 우왕좌왕하다 노빈손 일행을 쫓기 시작했다. 뒤늦게 무기를 챙기고 따라 뛰려던 보초병 한 명이 어두운 벽에 붙어 있는 말숙이를 발견하고 재빨리 다가갔다.

"어맛! 난 아니야. 가까이 오지 마!"

말숙이는 덜덜 떨며 도망가려 했지만 발이 떨어지지 않았다. 그때 오른쪽 통로에서 급하게 보초병을 밀치고 뛰어 들어오는 사람이 있었다.

"술에물탄을 잡아야 해! 보물을 들고 있을 거란 말야!"

무스타파 왕자였다. 동굴을 울리는 째지는 목소리에 말숙이는 도망가지도 못하고 어둠 속에서 넘어지고 말았다.

말숙이 주변으로 병사들이 몰려 들었다.

왕자의 고갯짓에 말숙이는 밧줄로 꽁꽁 묶였다.

"내가 일부러 나자르 본죽을 떨어뜨려 이곳으로 유인했는데, 멍청한 병사들 때문에 놓쳤어! 너라도 잡았으니 그나마 다행이야. 널 인질로 삼아야겠어. 오호호호~, 넌 육상 선수처럼 다리도 튼튼해 보이는데 웬일이니?"

말숙이는 말없이 눈을 감았다. 이제 죽는 것은 시간문제였다.

'빈손아, 내가 아끼던 족발 세트 쿠폰은 너에게 물려줄게. 아아, 죽기 전에 벨리 댄스는 꼭 배워 보고 싶었는데.'

 ## 말숙이는 어디에?

"말숙아~, 아이고, 말숙아~."

노빈손은 길 한복판에서 목놓아 말숙이를 불렀다. 어쩐지 자신이 잡아챈 손목은 마른 나뭇가지 같은 것이, 오징어 순대같이 통통한 말숙이의 손목과는 영 딴판이었다. 그것이 사부 파울의 손목이었을 줄이야. 그러나 헐레벌떡 정신없이 도망오는 바람에 그 감촉에 대해 생각할 여력이 없었던 것이다.

"아아, 그대여! 내 사랑 그대여!"

무스바른 케말은 연극 대사를 읊듯 오버하면서 괴로워하고 있었다. 말숙을 둘러업고 뛰었어야 했는데 무거울까 봐 살짝 망설였던 것이 후회스러웠다.

사부 파울은 괜스레 미안해서 허공을 바라보며 입맛만 다셨다.

노빈손은 울다 말고 눈물을 닦았다. 이렇게 대성통곡만 하고 있을 순 없었다.

'다시 지하 도시로 들어가야 해.'

노빈손은 결심했다.

"사람만 잃고 초승달 튤립은 가져오지도 못했구나."

문득 사부 파울이 탄식했다.

"초승달이랑 별 무늬가 새겨진 튤립 말씀하시는 거예요?"

노빈손의 말에 사부 파울은 귀가 번쩍 뜨였다.

"엉? 초승달 튤립을 알아?"

"제가 챙겨 왔어요."

노빈손은 지하 정원에서 있었던 일을 이야기했다.

"그래. 보물은 바로 초승달 튤립이야. 사실 초승달 튤립을 가진 사람이 세계의 중심이 된다는 전설이 있지. 술탄은 그 전설을 알고 있어. 오스만 제국의 영광을 드러내는 데 목을 매는 술탄이라면 초승달 튤립의 가치를 알아줄 거야. 초승달 튤립을 찾기 위해 뛰어다닌 술에물탄 왕자님이 대견해 보일 수밖에 없겠지."

뭔가 말이 되는 것 같으면서도 말이 안 되는 논리였다. 노빈손과 술에물탄은 허탈감에 빠졌다. 사부 파울만이 홀로 감동의

도가니탕에 빠져 초승달 튤립의 알뿌리를 바라보았다.

"뭐, 좋아는 하시겠지만 술탄의 자리를 좌지우지할 정도의 보물은 아닌데, 이걸 찾으려고 이 고생을 했단 말이야?"

술에물탄이 사부 파울의 감동을 깡그리 깨뜨렸다. 사부 파울은 얼른 화제를 돌렸다.

"어찌 됐건 말숙이를 구하러 가 보지요. 제가 길을 잘 아니까 지하 도시에서는 우리가 훨씬 유리할 겁니다."

사실 술에물탄도 은근히 말숙이가 걱정되었다.

비록 말숙이에게 구박은 받았지만 툭툭 내뱉는 솔직한 말들에 정들고 있었는데.

"그다지 신뢰가 가진 않지만 달리 방법이 없으니 사부 파울만 믿을게요."

노빈손이 얼른 앞장섰다.

"나, 이래 봬도 왕자라고. 기본 무술 실력이 있어. 내가 보초병들을 물리칠게."

"넷? 그럼 당신은 남자? 오 마이 갓! 게다가 왕자라니요?"

노빈손 일행은 충격에 휩싸여 휘청대는 무스바른 케말을 데리고 다시 지하 도시로 향했다.

 # 모스크의 비밀 통로

"멈춰!"

시커먼 그림자가 노빈손 일행을 막아섰다. 몸에 딱 달라붙는 망측스러운 옷을 입고 짧은 단도를 옆구리에 찬 자객이었다. 심상치 않은 눈빛과 험악한 표정에 노빈손은 온몸이 얼어붙는 것 같았다. 자객은 품속에서 쪽지를 꺼내 낮고 허스키한 목소리로 읽기 시작했다.

얘, 술에물탄. 나야, 무스타파. 여자애가 나한테 잡힌 건 알고 있지? 보물을 가지고 오늘 밤 자정에 옆 동네 모스크로 와. 여자애랑 교환하자. 술에물탄, 꼭 너 혼자서 와야 해. 이 규칙 하나라도 어기면 오동통한 여자애 목숨은 없는 걸로 알아. 알겠니? 호.호.호.

무스타파 특유의 호호 웃음소리조차도 책을 읽듯이 건조한 목소리로 읽고서 자객은 쪽지를 찢어 버렸다. 그리고 순식간에 사라졌다.

"…뭐야, 이게 다야? 자객이라 칼로 위협할 줄 알았는데 신참인가? 까짓 거, 보물을 안 가져가면 엄마한테 혼나긴 하겠지만 나를 죽이기야 하시겠어? 가자! 말숙이랑 보물 교환하러."

술에물탄의 발랄한 목소리가 일행의 긴장을 깨뜨렸다.

"하지만 정원 축제에 그거라도 가져가지 않으면 술탄의 눈 밖에 날 수도 있을 텐데요."

사부 파울이 조심스럽게 말했다.

"그래도 말숙이가 중요하지."

노빈손은 술에물탄의 대답에 목이 메었다. 술에물탄이 부쩍 어른 스러워진 것 같았다. 사부 파울도 감격에 겨워 눈물을 훔쳤다.

"사실 보물 같지도 않은 거잖아. 상관없어. 얼른 가기나 하자!"

"오호, 왕자님은 정말 쿨하시군요. 모던 보이의 자격이 있으십니다."

어느새 충격을 극복한 무스바른 케말이 휘파람을 불며 결론을 내렸다.

기괴한 풍경들을 지나 북쪽으로 한참을 걸어가자 작은 모스크가 나왔다. 소박하고 낡은 모스크였지만 낭떠러지 위에 있어서 주변 풍광은 최고였다. 이곳에서 기도를 한다면 어쩐지 신의 음성을 직접 들을 수 있을 것 같았다.

노빈손 일행이 도착할 즈음 날은 조금씩 어두워져 가고 있었다. 이제 곧 밤이 찾아올 것이다. 모스크 근처에는 아무도 보이지 않았다. 이따금 황량한 먼지 바람만 휘몰아쳤다. 노빈손 일행은 뒤쪽에 세워진 미나레트에 몸을 숨긴 채 대책을 의논했다.

"말숙이는 분명 저 안에 잡혀 있을 거야. 자정이 되기 전에 가서 구하자. 그런데 이대로 모스크 앞문으로 들어 가면 바로 들킬 텐데. 어쩐다? 기도를 인도하는 무에진들이 드나드는 길만 안다면 몰래 들어갈 수 있을 텐데."

"사부 파울, 이 설계도가 혹시 도움이 될까요? 미마르 시난이 제게 선물로 준 건데……."

노빈손은 미마르 시난이 자신에게 준 선물, 양피지 설계도를 떠올렸다. 모스크라고 하니 어쩐지 관련이 있지 않을까 싶었다. 사부 파울은 양피지를 들여다보았다.

"흠. 이것은 일반적인 모스크의 설계도인데. 대체로 동네의 작은 모스크들은 이런 식으로 지어졌지."

아무리 봐도 뭐가 뭔지 알 수가 없었다. 눈앞에 있는 모스크와 거의 비슷한 모양의 그림이 그려져 있었고 색다른 점은 없었다. 노빈손은 아쉬운 듯 양피지를 다시 말아 넣으려고 끝을 잡았다.

"어?"

양피지 끝부분에 유난히 진한 선이 보였다. 설계도 안에 그려진 선의 굵기는 다 똑같았는데, 끝부분에서 시작된 진한 선 하나가 모스크의 바깥에서 안쪽으로 뻗어 나가고 있었다.

"이 선 하나만 유난히 까만데, 혹시 이게 무슨 표시가 아닐까요?"

"어디, 어디?"

술에물탄과 무스바른 케말이 양피지로 고개를 디밀었다.

"어차피 밑져야 본전이니까, 이 선 한번 따라 가 봐요!"

노빈손 일행은 이미 주변을 뒤덮은 어둠 속에서 달빛을 의지하여 지도를 확인하면서 모스크의 뒷마당에 들어섰다. 그리고 마침내 뒷마당과 사원 틈새에서 작은 쪽문 하나를 발견했다.

노빈손은 숨을 꼴깍 삼키고는 쪽문을 슥 밀어 보았다. 얼마 전까지 무에진들이 왔다 갔다 했는지 다행히 문은 잠겨져 있지 않았다. 노빈손은 최대한 숨죽여 걸음을 내디뎠다.

"숙여!"

노빈손, 무스바른 케말, 사부 파울, 술에물탄은 일제히 허리를 납작 숙였다. 이젠 아예 이렇게 숨어 다니는 포즈가 익숙해진 터였다.

"그런데 이 길이 정말 맞을까요?"

무스바른 케말이 사부 파울을 향해 속삭였다.

"글쎄……."

"쉿!"

노빈손이 손가락을 입술에 갖다 댔다. 어

튀르크족이 아나톨리아 반도로 이주하기 전인 8세기 무렵, 중앙 아시아에 흩어져 있던 튀르크족은 아랍 제국 아바스 왕조의 지배를 받았었다. 아바스 왕조는 이슬람교를 믿으면 인두세(각 개인이 내야 했던 동일한 금액의 세금)를 받지 않았고 부족장들을 높은 관직에 올려 주는 등 비아랍인이라도 아랍인과 똑같이 대우해 주었다. 이때부터 많은 튀르크족이 이슬람교를 받아들이게 되었다.

딜 가나 할 말은 꼭 하고야 마는 이 사람들 때문에 정말 힘들다. 이
렇게 떠들다간 비밀 통로로 가는 것도 아무 소용이 없을 것 같았다.

어둠 속에서 한참을 기어가다 보니 미흐랍 근처에 다다랐다. 촛불
아래에서 모스크 벽의 모자이크 타일들이 윤곽을 드러내고 있었다.

무스바른 케말이 아는 척을 했다.

"모스크의 모자이크 타일들은 색깔별로 따로 구워서 퍼즐을 맞추
듯 타일 조각을 맞춘답니다. 가장 예쁜 색을 낼 수 있는 온도에서 구
워야 하기 때문이지요."

노빈손은 그럴 때가 아닌데도 촛불에 어렴풋이 비친 타일들의 아
름다움에 입을 벌렸다. 그때 노빈손의 귓속으로 나지막한 소리가 들
려오기 시작했다.

"으으으……."

신음소리가 뭉개져 둥그렇게 퍼졌다. 노
빈손은 앞장서 미흐랍 위쪽 계단으로 올라
갔다.

이 한밤에 모스크 안에서 신음소리를 낼
사람이 누가 있겠는가. 말숙이가 분명했다.

말숙이는 정말로 미흐랍 안쪽 구석에 꽁
꽁 묶여 있었다. 입에 재갈이 물려서 신음
소리를 마음껏 낼 수 없었던 것이다.

노빈손은 쉿, 소리를 내며 입가에 손가락
을 갖다 댔다. 말숙이의 눈에 안도의 눈물

이 그렁그렁 고였다. 노빈손은 말숙이의 재갈과 밧줄을 풀었다.

"말숙아, 조용히 따라와."

노빈손의 뒤를 따라 말숙이는 기어서 계단을 내려왔다. 다리가 퉁퉁 부은 말숙이에게는 쉽지 않았다.

"헉헉."

말숙이의 숨소리가 고요한 모스크 안에 퍼졌다. 나머지 일행들은 쪽문 앞에서 숨을 꼴깍 멈추고 노빈손과 말숙이의 자라 같은 보행을 지켜보았다.

문 앞으로 거의 다 왔을 즈음, 갑자기 모스크 안에 환한 불빛이 쏟아져 들어왔다.

"누구냐!"

고함을 지르며 검은 복장의 자객들이 순식간에 뛰어 들어왔다. 갑작스럽게 쏟아진 빛 때문에 어디서 뛰어 들어왔는지 가늠조차 하기 어려웠다.

"이런. 말숙아, 뛰어!"

노빈손은 말숙이를 일으켜 세운 후 손을 잡고 미친 듯이 달렸다. 자객들은 바람처럼 노빈손 일행을 뒤쫓았다. 좁은 모스크 안에서 잡히는 것은 시간문제였다.

자객들을 헤치고 무스타파 왕자도 나타났다. 사부 파울은 들어온 방향과 반대쪽으로 일행을 데리고 뛰었다.

그때, 노빈손이 말숙이의 발에 걸려 넘어졌다. 주머니에서 알뿌리들이 튀어 나와 리듬감 있게 바닥에서 떼구르르 굴렀다.

"앗!"

노빈손 일행은 일제히 소리를 질렀다.

그 순간, 자객들이 그들을 덮쳤다.

술에물탄은 포박된 채 무스타파 앞으로 끌려왔다.

"오호호~, 드디어 형제끼리 상봉이구나. 잔머리 쓰지 말고 보물부터 내놔!"

무스타파 왕자의 입가에는 승리에 찬 미소가 번졌다. 콧수염이 하늘을 찌를 것만 같았다.

"여기 있어, 보물!"

술에물탄은 체념한 목소리로 바닥을 굴러다니고 있는 알뿌리를 가리켰다.

"어머, 애 봐라. 장난해? 아직도 뜨거운 맛을 못 본 거니?"

무스타파는 짜증을 내며 칼을 빼어 들었다. 웃음기는 싹 가시고 살기등등한 눈빛이었다. 술에물탄의 목소리가 떨렸다.

"형, 나도 이게 보물인 줄 알았으면 이렇게 고생도 안 했어. 사부 파울 말로는 이 틀

립을 가지면 세상의 중심이 된다는 전설이 있대. 마침 아버지가 튤립을 좋아하시고 하니까 이 꽃을 잘 키워서 정원 축제 때 바치려고 했지."

"뭐야?"

무스타파의 신경질적인 목소리에 모스크의 돔 지붕이 들썩거리는 것 같았다.

"말도 안 돼! 기집애처럼 무슨 꽃을 바쳐? 이 뿌리를 키워서? 진짜 이게 보물의 실체란 말이야? 보물이면 오스만 제국의 전설 속의 검이나 황금 정도는 돼야지!”

무스타파는 칼끝을 사부 파울에게 돌렸다. 조금만 가까이 다가오면 사부 파울의 목이 날아갈 판이었다. 사부 파울을 제외한 노빈손과 말숙, 무스바른 케말, 술에물탄도 덜덜 떨었다.

“똑바로 말 못해? 이 영감탱이야! 제대로 말 안 하면 바로 이 자리에서 황천길이얏!”

사부 파울은 침착하게 무스타파의 눈을 마주 보았다. 서슬 퍼런 무스타파의 눈길에 지지 않는 깊이 있고 당당한 시선이었다.

“맞습니다. 꽃이 하찮다고 생각하실 수도 있지만, 이건 세상에서 하나밖에 없는 특별한 꽃입니다. 보물이란 사람에 따라 의미가 다른 법이지요. 무스타파 왕자님은 사람들을 억누를 수 있는 강한 힘과 화려한 황금만이 보물이라고 생각하시는데, 진짜 보물은 마음을 움직이는 ‘감동’이 아닐까요?”

무스타파는 사부 파울이 진심으로 말하고 있는 것이 느껴지자 없던 편두통도 도지는 것 같았다.

무스타파는 알뿌리 하나를 집어 들고 괴성을 지르면서 오도독 오도독 씹어 먹었다. 그리고 나머지 알뿌리들을 발로 마구 짓이겼다.

“내가 이것 때문에, 이것 때문에, 이스탄

고대 그리스의 시인 호메로스가 남긴 서사시 「일리아드」에 보면 트로이가 스파르타·그리스 연합군과 벌인 10년 전쟁 이야기가 나온다. 연합군이 철수하는 척하며 큰 목마를 두고 가자 트로이는 그것을 성안으로 가지고 들어왔고 목마에 숨어 있던 연합군에 의해 멸망했다는 ‘트로이의 목마’ 내용이 특히 유명하다. 1871년, 독일의 고고학자 하인리히 슐리만이 터키의 서쪽 해안에서 전설로만 여겨졌던 트로이 문명의 유적지를 발굴함으로써 트로이 문명이 역사적 사실임을 밝혀냈다.

불에서 여기까지 뛰어온 거야? 별 볼일 없는 튤립 때문에! 웩웩.”

알뿌리를 씹어 먹으면서 소리를 버럭버럭 지르자 알뿌리 조각들
이 계속 목을 막았다. 무스타파는 너무 어이가 없어서 눈물이 날 것
같았다.

“분하다. 정말 분하다. 다 끌고 가! 저 민머리 녀석부터 얼른 잡
아! 처음부터 너무 거슬렸어!”

방방 뛰던 무스타파 왕자가 갑자기 허공으로 쑥 들려 올라갔다.
자객들도 함께였다. 10점 만점에 10점을 받을 만한 멋진 포즈였다.

“으악!”

공중에 대롱대롱 매달린 무스타파는 살을 파고드는 그물 때문에
비명을 질렀다. 방방 뛰다가 선을 건드린 게 분명했다. 노빈손 일행
을 잡기 위해 자신들이 설치한 그물 함정에 스스로가 갇히고 만 것
이다.

“오 마이 갓! 이게 뭐니?”

무스타파의 날카로운 음성이 모스크 밖을 넘어 애처롭게 울렸다.

•• 이슬람교에 대해 알려 줄게

이슬람교는 예언자 마호메트가 창시한 종교로 유일신 '알라'를 믿어. 마호메트가 알라의 계시를 받아 적었다고 하는 『코란』을 경전으로 삼고, 마호메트의 말과 행동을 담은 『하디스』를 생활 관습으로 따르고 있어.

•• 이슬람교도가 꼭 지켜야 하는 것은?

하나 증언 또는 고백(샤하다)

평생 "알라 이외에는 신이 없다. 마호메트는 알라의 예언자이다"를 하루에도 몇 번씩 암송해야 해.

둘 기도(살라트)

해 뜰 무렵, 정오, 오후 3시경, 해질 무렵, 잠자기 전. 이렇게 하루에 5번씩 매일 기도해야 해. 금요일 정오에는 모스크에 모여 예배를 드리지. 기도할 때는 반드시 메카(이슬람교의 성지)가 있는 쪽을 향해야 해.

셋 기부(자카트)

이슬람교도는 가난한 사람에게 재산을 나누어 줄 의무가 있어. 보통 매년 전 재산의 2.5% 정도를 기부하지. 이슬람교도라면 기회가 있을 때마다 자선을 베풀어야 해.

넷 단식(샤움)

마호메트가 알라의 계시를 받은 것을 기념하는 라마단(이슬람력 9월) 기간에는 한 달 동안 해 뜨기 전부터 해 질 때까지 먹거나 마시는 것을 금해야 해. 밤이 되어야 음식을 조금 먹을 수 있어. 라마단의 마지막 열흘은 집중 기간으로 밤새도록 코란을 낭송하지. 라마단이 끝나면 3일 동안 먹고 마시고 춤추는 신나는 축제가 벌어진단다.

다섯 순례(하지)

일생에 한 번은 하지(이슬람력 12월)에 사우디아라비아의 메카를 순례해야 해. 메카는 마호메트가 태어난 곳이지. 메카의 카바 신전 광장에 있는 예언자 아브라함과 그의 아들 이스마엘이 세웠다고

메카의 카바 신전에 모인 이슬람교도들

하는 검은 돌 주위를 돈 뒤, 껴안거나 입을 맞추는 의식을 치러.

●● 터키의 세속주의 이슬람교란?

1923년에 무스타파 케말 초대 대통령이 정치와 종교의 분리를 의미하는 세속주의를 선언했어. 다른 이슬람 국가와는 달리 헌법에 국교를 이슬람교로 정하지 않은 거야. 이슬람 종교법 대신 세속법을 정하고 종교의 자유를 보장했어. 여자들에게는 히잡을 벗게 하고 투표권을 주었지. 99%가 넘는 터키 사람들은 이슬람교도지만 대부분 세속주의가 터키의 근대화를 가져왔다고 생각하고 지지해. 그런데 세속주의의 수호자라고 자처하는 군부는 이슬람교를 내세우는 것을 극단적으로 경계한단다. 세속주의를 훼손했다고 해서 쿠데타를 일으켜 민간 정부를 해산시킨 일도 있지. 2011년에 이슬람 국가를 지향하는 에르도안 총리가 연임에 성공하고 군부의 세력을 약화시키면서 세속주의와 이슬람 주의의 갈등이 더욱 불거지고 있대.

터키의 이슬람교도들

에르도안 총리

세속주의를 지키자는 시위

●● 모스크(이슬람 사원)에 놀러 가자

아야 소피아(성 소피아 성당)

아야 소피아

아야 소피아는 비잔틴 건축의 최고 걸작으로 불리는 성당이었어. 두 번의 화재로 원래 있던 성당이 사라진 곳에, 비잔틴 제국의 유스티아누스 황제가 솜씨 좋은 장인들과 최고의 건축 공법을 동원하여 537년에 완공했지. 처음 성당의 문을 연 날, 유스티아누스 황제는 건물의 웅장함과 아름다움에 감동한 나머지 "솔로몬이여, 내가 그대를 이겼다"라는 말도 했다고 해. 1453년 오스만 제국이 콘스탄티노플을 정복한 뒤 아야 소피아는 이슬람의 모스크로 사용되었어. 이때 주변에 4개의 미나레트가 세워졌지. 현대 터키에서는 종교 건물이 아니라 박물관으로 사용되고 있어.

술탄 아흐메트 모스크(블루 모스크)

14대 술탄 아흐메트 1세는 아야 소피아 옆에 훨씬 더 웅장한 모스크를 지으라고 명령했어. 전통적인 오스만 건축 양식으로 8년(1609~1616년) 동안 지었지. 아흐메트 1세가 미나레트를 '황금(알툰)'으로 지으라고 했지만 건축가 메흐메트가 '6(알트)'으로 알아듣곤 6개의 미나레트를 만들었다는 일화가 있어.

술탄 아흐메트 모스크

술레이마니예 모스크

10대 술탄 술레이만 1세는 건축가 미마르 시난에게 백성들이 자주 드나들 수 있는 곳에 모스크를 지으라고 명령했지. 모스크 안에는 신학교, 목욕탕, 식당 등 백성들이 이용할 수 있는 편의 시설을 갖췄어. 술레이만 1세와 록셀란 황후의 무덤도 모스크 안에 있어. 술레이마니예 이후에 지어진 모스크들은 술레이마니예의 구조를 본받았다고 해.

술레이마니예 모스크

5

다시 이스탄불로

정원 축제가 열리다

노빈손 일행은 무스타파 왕자가 함정에 빠진 사이 이스탄불로 돌아왔다. 무스바른 케말과는 톱카프 궁전 앞까지 같이 왔지만 제대로 작별 인사도 못 했다. 노빈손이 말숙이의 언니가 아니라 남자 친구라는 사실에 충격받은 무스바른 케말이 아무 말도 못 하고 얼빠진 채 집으로 돌아갔기 때문이었다.

술에물탄은 보물을 가져오지 못해 황후에게 엄청난 꾸지람을 들었다. 기품 있던 황후는 초절정 히스테리를 부리며 술에물탄을 꼬집기까지 했다.

그러나 술에물탄은 예전처럼 무조건 빌지도 않고 주눅들지도 않았다.

"어마마마, 제가 알아서 하겠습니다. 술탄의 총애를 받을 수 있는 방법은 제게도 있어요. 저는 왕자입니다. 정원 축제 때 어마마마는 저의 늠름한 모습에 박수만 쳐 주시면 됩니다. 아셨죠?"

전에 보지 못한 술에물탄의 당당한 모습에 황후는 약간 당황했다. 눈치 보며 매달리던 아이의 모습은 어디로 간 것일까?

"왕자가 무슨 수로? 술탄은 벌써 보물을 기대하고 있는데."

"걱정 마십시오. 정원 축제에는 제 방식대로 충성심을 보일 테니까요."

황후의 미심쩍은 눈초리를 뒤로하고 술에물탄은 어깨를 쭉 편 채 하렘 밖으로 나왔다. 품속에 간직한 튤립의 씨앗이 자신감을 북돋아 주었다.

무엇보다 술에물탄은 자신의 친구들과 죽을 고비를 넘긴 대장부가 되어 있었다.

영적 지도자이긴 해도 힘 없는 노인인 사부 파울, 카펫 공장 사장 무스바른 케말, 노빈손, 말숙이와 함께 죽을 고비를 헤쳐 나오지 않았는가.

이제 술에물탄은 무엇이든 해낼 수 있을 것 같았다.

한편, 겨우 그물을 찢고 함정에서 빠져나온 무스타파 왕자는 헐레벌떡 이스탄불로 돌아와 며칠 동안 잠을 이루지 못했다. 너무나 분했지만 이미 술에물탄 왕자 일행을 놓친 뒤였다.

'두고 보자. 그냥 이대로 넘어가진 않아. 언제까지 이렇게 전전긍긍하며 살 수는 없어.'

무스타파 왕자는 이를 갈고 또 갈았다. 그냥 이대로 멍청하게 있을 순 없었다. 술에물탄이 보물을 술탄에게 바치지 못한다고 해도 눈엣가시였다. 더군다나 끈덕지게 계속되는 황후의 엄청난 입김을 생각하면 술에물탄이 술탄의 후계자가 될 확률이 높았다.

'후계자에서 제외되면 내 목숨은 한낱 파

리 목숨에 지나지 않아.'

술에물탄이 우위를 차지하면 이미 때는 늦는다. 그 전에 모든 것을 해결하는 것이 현명했다. 하는 수 없이 마지막 수단을 동원해야만 했다.

"반란을 일으키는 것. 그것밖엔 없어."

무스타파는 중얼거렸다. 자신이 살아남아 술탄이 될 수 있는 가장 빠르고 확실한 방법이었다.

드디어 술탄의 정원 축제가 열렸다. 술탄의 정원 공개 축제나 왕위 계승식 등 중요한 행사는 지복의 문 앞에서 이루어졌다.

일반 백성들은 비록 궁 안으로 들어오진 못했지만 모두 궁 주변으로 몰려와 흥에 취해 삼삼오오 춤을 추었다. 제일 좋은 옷을 골라 입고 한껏 축제 기분을 냈다.

지복의 문 앞에서 나팔, 북, 피리, 심벌즈가 어우러진 메흐테르 군악대의 행진곡이 울려 퍼졌다.

모두가 신의 축복을 바라며 덕담을 나누었다. 술탄과 황후 쿠렘도 카펫이 깔린 연단에 앉아 사람들의 흥겨운 모습을 지켜보았다.

이때 무스파타 왕자를 따르는 시파히들

의 군대와 무스타파의 비밀 부대는 백성들로 변장하고 왕궁을 둘러 쌌다. 이미 반란의 준비는 다 마쳤다.

자신에 대한 술탄의 확신만 있었어도 군대까지 동원하진 않았을 텐데.

"결국 피를 봐야겠다 이거지."

무스타파 왕자는 이를 드러내며 음산한 미소를 지었다.

반란에 참여한 시파히들은 자기들끼리 열심히 쑥덕대고 있었다. 만일 이 일이 실패로 끝난다면 모든 것을 잃을 사람들이었다.

이윽고 축제의 시작을 알리는 나팔이 울려 퍼졌다. 술탄은 간단한 인사를 끝마치고 자리에 앉아 차이를 마셨다.

모두들 정원의 화려함과 웅장함, 색색의 꽃들에 감탄을 금치 못했다.

 ## 마지막 음모

"술탄이시여, 오늘 제가 가지고 온 보물은 이것입니다."

술에물탄이 작은 화분 하나를 들고 술탄 앞에 무릎을 꿇었다. 시파히들이 바짝 긴장한 채 술에물탄의 일거수일투족을 주시했다.

황후는 뜬금없이 화분을 내미는 술에물탄의 모습에 당황해서 입술이 바짝바짝 말랐다. 알뿌리는 모두 망가졌지만 술에물탄은 숨겨 가지고 온 씨앗을 화분에 심은 것이었다.

"그것이 무엇이냐?"

술탄은 보물이라고 화분을 내
미는 술에물탄을 한심한 듯 바라
보았다. 그러나 술에물탄의 눈빛
은 그 어느 때보다 진지하게 빛났
다. 술에물탄은 화분의 흙을 헤쳐
초승달 튤립의 씨앗을 꺼냈다.

"달빛을 받아 초승달 모양의 무늬를 갖게 된, 세상에서 단 하나 뿐인 초승달 튤립! 그 씨앗을 이 화분에 심었습니다. 왜 꽃은 없냐고요? 활짝 핀 꽃은 얼마 안 가 질 것입니다. 그러나 씨앗은 이제부터 싹을 틔우고 자라나 앞으로 꽃을 피우겠죠. 저는 이 씨앗처럼 오스만 제국의 희망이라는 싹을 키워서 영광이라는 꽃을 피우고 싶습니다. 이 씨앗이 역경을 이겨 내고 곧게 자라는 동안 저 또한 어질고 지혜로운 왕자로 성장할 것입니다. 저는 이 꽃을 술탄의 정원이 아닌, 정말로 위대한 곳, 우리 백성들이 지나다니는 길거리에 심으려고 합니다. 이 제국은 백성들을 위한 것이니까요. 저는 제 자신의 영광과 안위가 아닌, 백성들에게 헌신하는 왕자가 될 것입니다. 초승달 튤립이 꽃피는 날, 전설이 현실이 되는 날, 이 세상의 중심이 되는 오스만 제국의 빛나는 미래를 백성들과 함께 맞이하고 싶습니다."

술에물탄의 연설이 끝나자, 모두가 숨을 죽였다.

지금 연설한 이 사람이 술에물탄이 맞아? 우유부단하고 유약하고 떼나 쓰는 예전의 술에물탄이 아니었다. 황후의 눈가가 가늘게 떨렸다.

'오, 마이 베이비… 언

제 이렇게 큰 것인가.'

침묵 속에서 사람들의 침 넘어가는 소리가 들렸다. 황후의 볼에서 조용히 눈물 한 방울이 떨어졌다.

술탄 역시 속으로는 깜짝 놀랐지만 이내 마음을 추스리고 큰 소리로 웃었다. 아주 흐뭇한 웃음이었다.

"하하. 그래, 술에물탄 왕자. 네가 초승달 튤립을 찾든 못 찾았든 이런 감동적인 연설을 하다니 네가 자랑스럽다! 씨앗을 잘 키워 보려무나. 그리고 왕자도 씨앗과 함께 멋진 오스만 제국의 왕자로 거듭나길 바란다!"

술탄의 신호로 군악대의 음악이 다시 시작되었다. 경쾌하고 발랄한 행진곡이었다. 술에물탄 왕자의 앞날을 축복이라도 하듯 씩씩한 리듬이 계속되었다.

어른스럽게 인사를 하고 술에물탄 왕자는 자기 자리로 돌아왔다. 그리고 옆에 앉은 노빈손을 보자 씩 웃었다.

"난 왕자다! 멋지지?"

며칠 전부터 노빈손과 튤립의 이름을 가지고 티격태격하고 있던 중이었다.

"수렁에서 건진 튤립, 어때?"

"아휴, 지저분하게 무슨……, 꽃이 필지 안 필지도 모르는데 일단 키워 보기나 하고 말해요."

노빈손은 술에물탄을 타박하며 시원하게 아이란을 쭉 들이켰다.

"무슨 소리야? 이름이 얼마나 중요한데? 꽃보다 왕자! 아니면 쾌남 술에물탄? 어때?"

술에물탄이 손뼉을 딱 쳤다.

'이건 뭐, 재미도 없고 창의적이지도 않고.'

노빈손은 고개를 흔들었다.

"왕자님, 긴히 드릴 말씀이 있습니다."

그때 이브라힘 재상이 의미심장한 목소리로 술에물탄에게 다가왔다.

"뭔데? 말해 봐."

"잠깐만 저랑 자리를 옮기시죠. 왕자님과 둘이서만 나눌 이야기라서요."

이브라힘 재상의 눈빛은 차갑고 날카로웠다. 노빈손은 이브라힘의 눈빛이 어쩐지 마음에 걸렸다.

'드라마나 영화에서 보면 지금 암살자가 등장할 타이밍이긴 한데……, 헉! 설마 이브라힘 재상이 술에물탄을?'

멀어져 가는 술에물탄과 이브라힘의 뒷모습을 보면서 노빈손은 이상한 예감이 들었다.

앞에 놓인 음식들을 어떤 순서로 먹을까

톱카프 궁전의 주방에는 요리사만 200여 명이 넘게 있었고 매일 술탄에게 다른 요리를 바치지 않으면 바로 죽임을 당했다고 한다. 주방은 현재 도자기 전시실이 되었는데 14~19세기의 중국과 일본의 도자기 2만여 점 정도를 볼 수 있다. 놀라운 것은 이 도자기가 모두 실제로 사용됐다는 사실이다. 동양의 도자기는 아름다움도 아름다움이지만 음식에 독이 들었을 경우 색이 변할 거라는 믿음 때문에 많이 쓰였다.

고심하는 말숙이를 두고 노빈손은 둘을 쫓아갔다.

이브라힘은 술에물탄을 왕궁 뒤편으로 데려갔다. 이따금 시녀들이 쟁반을 들고 왔다 갔다 할 뿐 한적한 뜰이었다. 이브라힘은 술에물탄 옆에 바짝 붙어 섰다.

"여기까지 와서 할 이야기가 뭐야?"

"그러니까……, 제가."

"뭐냐니까?"

"……저는 무스타파 왕자님이 술탄이 되어야만 한다고 생각하는 사람입니다."

"뭐? 재상은 내 편이었잖아?"

"왕자님이 보물을 찾으러 간 것을 무스타파 왕자님이 어떻게 아셨을까요? 제가 접견실에서 술탄과 황후의 대화를 엿듣고 알려 드렸기 때문이지요. 저는 무스타파 왕자님을 위해서라면 못할 일이 없습니다. 저는 술에물탄 왕자님만 사라진다면 지금 죽어도 여한이 없어요."

말을 끝내자마자 이브라힘 재상은 품 안에 숨겨 두었던 칼을 꺼냈다. 코브라의 맹독이 묻은 날카롭고 날렵한 단도였다. 이브라힘은 한 치의 망설임도 없이 술에물탄의 심장을 겨누었다.

갑작스러운 상황에 술에물탄은 그 자리

에서 굳어 버렸다.

이브라힘 재상이 칼날을 번쩍 든 순간,

챙!

"억!"

이브라힘 재상이 튤립 꽃밭 속으로 넘어졌다.

이브라힘이 쓰러지자 쟁반을 들고 가쁜 숨을 몰아쉬는 노빈손이 보였다. 혹시나 해서 들고 온 쟁반으로 이브라힘의 뒤통수를 내리쳤던 것이다.

"헉헉. 괜찮으세요?"

와! 와!

노빈손의 말에 대답할 새도 없이 행사장 쪽에서 거대한 함성이 들려왔다. 천지를 흔드는 엄청난 함성이었다.

무스타파 VS 술에물탄

술에물탄과 노빈손은 쓰러진 이브라힘 재상을 남겨 두고 행사장 안으로 달려갔다. 무스파타 왕자의 부대가 행사장을 장악하고 술탄과 황후의 연단까지 침입하려 하고 있었다.

술탄의 친위 부대가 출동하여 출입문을 막은 무스타파 부대와 대립하고 있었다.

"무스타파! 이게 무슨 일이냐!"

술탄의 목소리가 쩌렁쩌렁 울려 퍼졌다. 행사장에 있던 대신들은 어찌할 바를 몰라 우왕좌왕했다.

술에물탄은 자신의 충복이라 생각했던 이브라힘 재상의 배신과 함께 눈앞에 벌어진 상황에 충격을 받았다.

"술탄이여! 제 어머니가 황후가 아닌 것이 죄라면 죄일까요? 저는 술에물탄보다 유능한 왕자입니다. 황후! 이게 다 당신 때문이오! 오스만 제국을 위해서라도 난 도저히 술에물탄을 살려 둘 수 없어."

"뭐라? 지금 반역이냐!"

술탄의 폭풍 같은 분노가 하늘을 찔렀다. 평소 같으면 술탄의 호통에 오줌을 지렸겠지만 무스타파는 눈에 뵈는 게 없었다.

"술탄, 제가 뭐라고 했어요. 저 패륜 왕자 같으니!"

무스타파의 예상치 못한 반란에 황후의 목소리가 떨리고 있었다.

"술에물탄을 잡앗!"

무스타파 왕자의 신호가 떨어지자 부대의 선봉대가 술에물탄을 향해 돌진했다.

하지만 술에물탄 왕자는 이제 더 이상 엄마 치마폭에만 싸여 있는 유약한 왕자가 아니었다.

술에물탄은 자신을 향해 몰려오는 병사들을 매섭게 노려보다가 옆에 있는 병사의 칼을 잽싸게 빼어 들었다.

"후폭풍!"

휘파람 소리와 함께 술에물탄은 큰 소리로 '후폭풍'을 불렀다. 빠른 속도로 갈기를 휘날리며 후폭풍이 달려왔다. 술에물탄은 깃털처럼 가볍게 후폭풍의 안장 위로 뛰어 올랐다.

"어맛? 나하고 맞장 뜨겠다는 거니? 오호호~, 엄마만 아는 술에물탄아, 그래, 맛 좀 봐라!"

무스타파도 말의 옆구리에 박차를 가했다. 무스타파의 편에 선 시파히들의 움직임도 일사불란해졌다. 곧바로 연단에서 벗어나 부대에 합세한 후 전열을 갖추었다. 그리고 각자 자신의 말 위로 뛰어 올라 칼을 뽑았다.

황후도 곧 마음을 추스리고 손을 높이 들어 신호를 보냈다. 하렘 방향에서 황후의 호위 부대가 바람을 가르며 달려왔다. 혹시나 싶어 가장 뛰어난 병사들로 황후가 미리 정원 뒤편에 배치를 해 놓은 상태였다.

술탄의 정원은 사람들의 비명과 아우성으로 가득 찼다. 도망가는 사람들과 부대의 난입으로 정원은 엉망이 되었다. 튤립이 모두 짓밟히고 잘 정돈된 울타리는 모두 부서져 버렸다.

무스타파와 술에물탄은 각자의 말과 함

키프로스는 지중해에 있는 작은 섬나라로 그리스계와 터키계의 주민들이 7:3의 비율로 함께 살고 있다. 오스만 제국의 지배 아래 있다가 영국의 식민지가 됐었는데 독립한 뒤, 그리스계 주민들이 그리스와 통합해야 한다고 주장했다. 이에 반발한 터키계 주민들과 갈등이 심각해져 1963년부터 내전이 일어났다. 결국 남쪽 지역에는 그리스계 정부가, 북쪽 지역에는 터키계 정부가 각각 들어서 남북으로 나뉬었고 국제 분쟁 지역이 되었다.

께 허공으로 뛰어 올랐다.

챙!

공중에서 서슬 퍼런 칼날이 부딪쳤다. 칼을 놓치는 자가 술탄의
자리도 잃게 될 터였다.

"말숙아! 뛰자!"

노빈손은 말숙이의 손을 꽉 잡고 무작정 하렘을 향해 달렸다. 지
금 이 순간 숨어들 곳은 하렘에 있는 황후의 방, 그곳뿐이었다.

무스타파 왕자와 술에몰탄 왕자의 결전. 이것은 본격적인 왕위 다툼의 시작이었다.

"이런 혼란을 바라지 않았는데……."

몰래 뒤에서 이 모든 과정을 지켜본 사부 파울이 굳은 표정으로 자리를 빠져 나갔다. 터번을 벗고 똥머리를 풀었다.

"권력 다툼에 끼는 건 역시 나에게 맞는 일이 아니었어. 가난하고 외로운 자들에게 나는 가야겠다."

•• 영토가 줄어들기 시작하다

1683년, 19대 술탄 메흐메트 4세는 오스트리아의 빈을 포위했어. 술레이만 1세가 1차 빈 공격에 실패한 이후로 약 100년 만에 빈을 정복하려고 한 거야. 하지만 구원병으로 온 폴란드군에게 크게 지고 말아. 유럽은 오스만 군대가 더 이상 위협적이지 않다는 것을 알게 됐고, 그 뒤 오스만 제국은 러시아와 오스트리아 등의 공격을 받아 헝가리와 크림반도, 흑해 연안 등을 빼앗겼지. 이때부터 오스만 제국의 영토는 계속 줄어들게 돼.

오스만 제국의 영토 변화

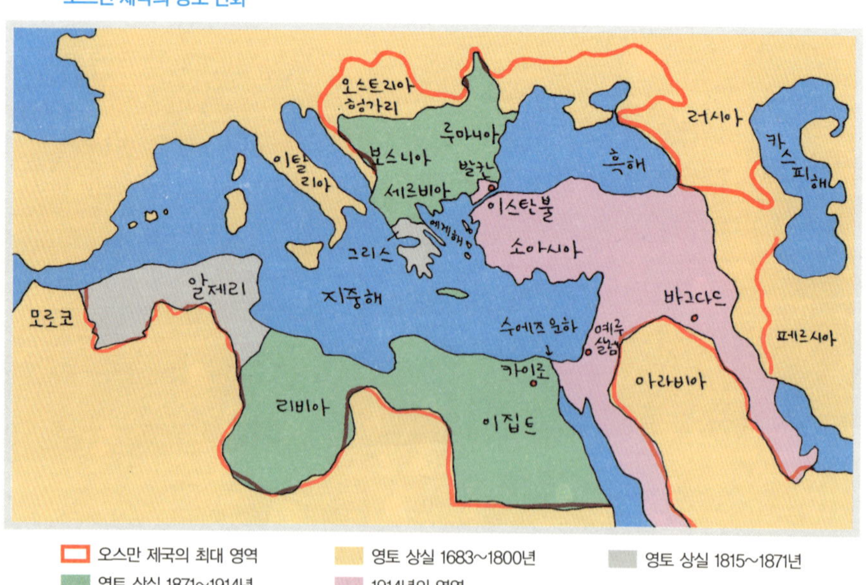

•• 개혁을 시도하지만

18~19세기 동안 오스만 제국은 유럽의 공
격을 받아 영토의 40% 정도를 빼앗기며 점점
종이호랑이가 되고 있었지. 30대 술탄 마흐무
드 2세는 오스만 제국을 개혁하기 위해 부패한
예니체리 부대를 없애고 유럽식 신식 군대를
도입했으며 번거로운 터번 대신 간편하게 페즈

페즈를 쓴 마흐무드 2세

(모로코식 모자)를 쓰게 했어. 근대적인 복장으로 바꾼 거야. 마흐무드 2
세의 뒤를 이은 압둘 마지드 1세와 압둘 아지즈도 유럽식 제도를 모델
로 삼은 개혁 정책인 '탄지마트'를 추진했어. 하지만 정치 제도의 변화
없이 교육, 행정, 법률 제도만을 바꾸는 것이었기 때문에 한계가 있었
지. 술탄의 권력이 너무 강력해서 술탄 마음대로 했거든. 가뜩이나 재
정이 부족한데 압둘 마지드 1세가 술탄의 권위를 보여 준답시고 화려
한 돌마바체 궁전을 짓는 바람에 국가 재정도 더 어려워졌고 말이야.
또 신식 군대를 도입해도 계속되는 유럽의 침략을 막아 내지 못했어.

•• 입헌 군주제가 출현하다

1876년 젊은 지식인들이 무능한 술탄에
반발해서 쿠데타를 일으켜. 압둘 아지즈를
폐위시키고 압둘 하미드 2세를 술탄의 자
리에 올려 헌법을 공포하고 의회를 구성하도록

청년 튀르크당

했지. 이것이 제1차 입헌 혁명이야. 하지만 압둘 하미드 2세는 곧 의회를 해산시키고 독재 정치를 펼치지. 이에 청년 장교들이 반발하여 청년 튀르크당을 조직한 후 1908년 혁명을 일으켜. 이걸 제2차 입헌 혁명이라고 해. 압둘 하미드 2세는 폐위되어 메흐메트 5세가 즉위했고 오스만 제국에는 입헌 군주제(군주의 권력을 헌법으로 제한하는 정치 제도)가 확립되었지.

●● 그 당시 세계는

19세기 말, 세계는 몹시 어지러웠어. 유럽의 강대국들은 아프리카와 아시아에서 식민지를 확보하려는 제국주의 정책을 펼치면서 서로 충돌하고 있었지. 오스만 제국은 아시아와 아프리카로 가는 통로에 있어서 그 영향을 직접적으로 받을 수밖에 없었단다. 게다가 1, 2차 발칸 전쟁을 하면서 이스탄불을 제외한 유럽 쪽 영토 대부분을 잃었지.

●● 1차 세계대전이 일어나다

유럽 국가들의 제국주의 정책이 대립하는 가운데 1914년 1차 세계대전이 일어나고야 말았어. 유럽은 독일, 오스트리아, 이탈리아의 삼국 동맹과 영국, 프랑스, 러시아의 삼국 협상(연합국) 편으로 나뉘었지. 그 가운데 오스만 제국은 독일 편에 섰고 결국 패전국이 되었어. 전쟁이 끝난 뒤 오스만 제국은 아나톨리아 반도의 동쪽을 포기하는 굴욕적인 내용의 세브르 조약을 연합국과 맺게 돼.

●● 드디어 등장한 터키 공화국

오스만 제국에서는 세브르 조약을 맺은 술탄에 대한 반감이 커졌고 조약을 반대하는 움직임도 거세졌어. 여기에 앞장선 사람이 바로 무스타파 케말이야. 1919년에 그리스가 쳐들어와서 아나톨리아 반도 서부 지역을 차지했는

연설하는 무스타파 케말

데 무스타파 케말이 이를 물리치고 연합국 측과 다시 협상하여 현재의 터키 영토를 확보했어. 이로써 오스만 제국은 역사 속으로 사라지고 터키 공화국이 성립됐지.

감추고 싶은 역사, 아르메니아인 대학살

아르메니아인들은 7대 술탄 메흐메트 2세 때부터 기독교 밀레트를 형성해서 아나톨리아 동부에서 살고 있었어. 1차 세계대전이 일어나자 아르메니아인들은 러시아의 도움을 받아 독립 국가를 세우려고 했지. 그러자 오스만 제국은 적국을 도왔다며 아르메니아인들을 닥치는 대로 죽이고 아나톨리아 반도에서 쫓아냈어. 이때 최대 150만 명에 이르는 아르메니아인들이 죽었대. 최근까지 터키는 사망자 숫자가 과장됐고 학살은 없었다고 주장해서 국제 사회로부터 비난을 받았어. 하지만 2009년에 아르메니아와 화해 협정을 맺고 이 사건을 다시 조사하기로 합의했지.

•• 무스타파 케말, 도대체 누구야?

이름 무스타파 케말, 무스타파, 케말 파샤,
아타튀르크 등 다양해

터키에 가서 혹시라도 무스타파 케말에 대해
안 좋은 이야기를 한다면 큰 싸움이 일어나고
말 거야. 터키에서는 '아타튀르크(터키의 아버지)'라고 불리며 존경받는
인물이기 때문이야. 터키의 근대화와 서구화를 이루었다고 평가받고
있어.

무스타파 케말은 1차 세계대전 당시 외세로부터 아나톨리아 반도를
지켜 내고 국민의 영웅으로 떠올랐어. 그리고 공화국 정부를 세우면서
이슬람 국가 최초로 술탄제를 폐지하고 의회와 대통령제를 도입했지.
이슬람교의 전통과 관습을 깨고 민주주의를 도입한 거야. 케말은 국민
의 절대적인 지지를 받고 초대 대통령이 되어 이슬
람교와 정치를 분리하는 세속주의 정책을
펼쳤어. 정치와 행정 제도도 이슬람식에
서 서구식으로 몽땅 개혁했지. 또 쓰기
어려운 아랍 글자를 버리고 쉬운 터키
문자도 만들어 발표하는 등 튀르크의
민족의식을 높이기 위해 애썼고 경제
개발 계획도 실행했단다.

에필로그

"말숙아. 카펫 하나 정도는 사 가야 하지 않을까?"

"야, 카펫 얘기는 하지도 마! 비싸! 그리고 나 카펫 공장에서 고생한 거 잊었어?"

말숙이는 쉬쉬 케밥을 먹으며 빈손의 정강이를 걷어찼다.

"윽."

옅은 비명을 내던 노빈손은 안 그래도 투박한 말숙이의 손이 갈라지고 터진 것을 보자 함께 터키 땅을 누볐던 온갖 추억들이 떠올랐다.

무스타파 부대의 공격을 피해 노빈손과 말숙이는 비명을 지르며 분주하게 오가는 여인들을 헤치고 하렘으로 숨어들었었다.

정신없이 복잡한 미로를 지나 어떤 방에 들어서자 익숙한 무늬의 카펫과 족욕용 욕조가 눈에 들어왔다. 아아, 닥터 피시들이 노닐고 있는 욕조! 바로 황후의 방이었다.

수레에 실려 다니면서 슬쩍슬쩍 훔쳐본 복도들을 잘 기억해서 용케 황후의 방을 찾은 것이었다. 다행히 미로에 대한 감각이 남아 있었던 모양이었다.

'황후의 방이면 안전하겠지.'

노빈손과 말숙이는 한숨을 돌렸다. 그러나 카펫 속에 숨으려 카

펫을 들추는 순간, 갑자기 휘몰아치는 이상한 회오리 안으로 빨려
들어갔다. 그리고 눈을 떠 보니 현대 터키의 블루 모스크 앞이었다.

"앗, 이것 봐! 술탄 초상화야. 술에물탄 왕자를 닮았는데?"
말숙이는 역사책을 뒤적거리며 말했다. 남은 쉬쉬 케밥을 전부
입 안에 밀어 넣고 우물거리면서 말하는 통에 음식물이 사방으로 튀
었다.
"어, 그러네? 이 눈하며 코가 완전 술에물탄인데? 기뻐해야 할지

말아야 할지. 피를 본 승리였지."

노빈손은 말숙이가 들고 온 역사책에서 술에물탄 왕자, 즉 셀림 2세가 술탄이 된 것을 확인한 참이었다. 말숙이는 케밥을 다 먹고 남은 꼬챙이로 이를 쑤시면서 고개를 끄덕였다.

"셀림 2세는 그리 좋은 인상이 아닌 것 같아. 완전 아저씨야. 술에물탄 왕자일 때가 훨씬 낫네."

"도대체 왕위란 게 뭘까?"

노빈손은 형제끼리 다툴 수밖에 없는 권력의 잔인함을 생각하니 가슴이 아파 왔다. 어렸을 때부터 형제처럼 지내지 못하고 서로를 경계하고 미워할 수밖에 없었던 무스타파 왕자와 술에물탄 왕자가 안쓰럽게 느껴졌다.

"아, 어쨌든 술에물탄이 보고 싶다. 사부 파울도."

감상에 젖은 노빈손과는 달리 말숙이는 아무 말도 없었다. 후후 차이를 불며 홀짝거릴 뿐이었다.

"몰라. 결국 벨리 댄스는 못 배웠잖아! 벨리 댄스는 꼭 배우고 말 거야!"

	오스만 제국사	세계사	한국사
1대 오스만 1세 (1299년~1324년)	1299년 오스만 제국 건립	1302년 프랑스, 삼부회 소집	
2대 오르한 (1324~1362년)	1326년 부르사를 수도로 정함 발칸 반도 진출	1337년 영국과 프랑스, 백년 전쟁	1363년 문익점, 원나라에서 목화씨 들여옴
3대 무라드 1세 (1362~1389년)	1369년 아드리아노플로 수도 옮김 예니체리 창설, 술탄 칭호 사용 1380년 데브시르메 제도 실시	1369년 중앙아시아에 티무르 제국 성립	1376년 최영, 왜구 토벌
4대 바예지드 1세 (1389~1402년)	1402년 앙카라 전투에서 티무르에게 패배	1392년 일본, 남북조 통일	1392년 고려 멸망, 조선 건국
5대 메흐메트 1세 (1413~1421년)			1418년 세종(~1450년) 즉위
6대 무라드 2세 (1421~1444, 1446~1451년)		1440년경 남아메리카, 잉카, 안데스 지역 정복	1446년 「훈민정음」 반포
7대 메흐메트 2세 (1444~1446, 1451~1481년)	1453년 콘스탄티노플(이스탄불) 정복하고 수도로 정함, '파티히(정복자)' 칭호 획득 1478년 톱카프 궁전 완공, 밀레트 제도 도입	1453년 비잔틴(동로마) 제국 멸망 1467년 일본, 전국 시대 돌입	1453년 계유정난
8대 바예지드 2세 (1481~1512년)		1492년 콜럼버스, 신대륙(아메리카) 발견	1485년 「경국대전」 완성
9대 셀림 1세 (1512~1520년)	시리아, 이란, 이집트 정복 1517년 술탄·칼리프(이슬람교 최고 통치자) 지위 획득	1517년 루터의 종교 개혁	1519년 기묘사화
10대 술레이만 1세 (1520~1566년)	**제국의 전성기** 「술레이만 법전」편찬 1526년 모하치 전투, 헝가리 점령 1529년 신성 로마 제국의 수도 빈 공격 실패	1543년 코페르니쿠스, 지동설 발표	1545년 을사사화
11대 셀림 2세 (1566~1574년)	1571년 레판토 해전에서 기독교 연합 함대에 대패		
12대 무라드 3세 (1574~1595년)	1589년 이스탄불에서 예니체리 반란	1590년 일본, 도요토미 히데요시가 일본 통일	1592년 임진왜란, 한산대첩
13대 메흐메트 3세 (1595~1603년)	1603~1639년 이란과의 전쟁	1600년 영국, 동인도 회사 세움	

	오스만 제국사	세계사	한국사
14대 아흐메트 1세 (1603~1617년)	1616년 술탄 아흐메트 모스크(블루 모스크) 완공	1613년 러시아, 로마노프 왕조 성립	1610년 『동의보감』 완성
15대 무스타파 1세 (1617~1618, 1622~1623년)		1618년 독일, 30년 전쟁	1623년 인조반정
16대 오스만 2세 (1618~1622년)	1621년 폴란드 침공		
17대 무라드 4세 (1623~1640년)	다양한 길드 활동 오스만 제국의 상업 부흥, 국제 무역 발달	1636년 청나라 건립, 조선 침략	1627년 정묘호란 1636년 병자호란
18대 이브라힘 1세 (1640~1648년)		1642년 영국, 청교도 혁명 1643년 프랑스, 루이 14세 즉위 1644년 명나라 멸망, 청나라 통일	
19대 메흐메트 4세 (1648~1687년)	1683년 제2차 빈 포위 공격 실패	1666년 뉴턴, 만유 인력의 법칙 발견	1678년 상평통보 주조
20대 술레이만 2세 (1687~1691년)		1688년 영국, 명예 혁명	
21대 아흐메트 2세 (1691~1695년)			
22대 무스타파 2세 (1695~1703년)	1699년 카를로비츠 조약으로 유럽 영토 일부 상실	1701년 독일 북부 지역에 프로이센 왕국 성립	1696년 안용복 독도에서 일본인들을 쫓아냄
23대 아흐메트 3세 (1703~1730년)	**튤립 시대** 1730년 예니체리 반란	1710년 프랑스, 베르사유 궁전 완공	1724년 영조(~1776년) 즉위 1725년 탕평책 실시
24대 마흐무드 1세 (1730~1754년)			1750년 균역법 실시
25대 오스만 3세 (1754~1757년)		1757년 영국의 인도 독점 지배	
26대 무스타파 3세 (1757~1774년)	1768~1774년 러시아 제국과의 전쟁	1760년 무렵 영국에서 산업 혁명 시작	
27대 압둘 하미드 1세 (1774~1789년)		1776년 미국, 독립 선언	1776년 정조(~1800년) 즉위 1786년 천주교 금지령 발표

	오스만 제국사	세계사	한국사
28대 셀림 3세 (1789~1807년)	신식 군대 조직 시도, 폐위 뒤 살해	1789년 프랑스 혁명 1804년 프랑스, 나폴레옹 황제 즉위	
29대 무스타파 4세 (1807~1808년)			1801년 신유박해
30대 마흐무드 2세 (1808~1839년)	1826년 예니체리 폐지하고 신식 군대 결성, 　　　　의복의 근대화 1829년 그리스 독립 1833년 이집트 독립 승인		1811년 홍경래의 난
31대 압둘 마지드 1세 (1839~1861년)	1839년 귈하네 칙령으로 탄지마트(개혁 정치) 　　　　시작 1856년 돌마바체 궁전 완공	1840~1841년 청나라, 아편 전쟁 1842년 청, 영국에 홍콩 할양 1853년 영국, 크림 전쟁	1860년 최제우, 동학 창시
32대 압둘 아지즈 (1861~1876년)	탄지마트 지속 1869년 초등학교 무상 의무 교육 추진 1876~1878년 제1차 입헌 혁명	1861년 미국, 남북 전쟁 1868년 일본 메이지 유신	1863년 흥선 대원군 집권 1866년 병인박해, 병인양요 1871년 신미양요
33대 압둘 하미드 2세 (1876~1909년)	반동 정치, 1888년 전국에 도로와 철도 건설 1908년 청년 튀르크 당 혁명(제2차 입헌 혁명), 　　　　최초 의회 성립 1909년 혁명해방군(무스타파 케말)이 　　　　이스탄불 장악	1894년 청·일 전쟁 1904년 러·일 전쟁	1876년 강화도 조약 체결 1895년 을미사변 1897년 대한 제국 성립
34대 메흐메트 5세 (1909~1918년)	1912~1913년 발칸 전쟁에서 발칸 동맹국에 　　　　패함, 유럽 지역 영토 상실	1914~1918년 제1차 세계대전	1910년 국권 피탈
35대 메흐메트 6세 (1918~1922년)	1920년 세브르 조약 체결, 　　　　연합국에 분할 점령됨 1923년 터키 공화국 세움	1922년 소비에트 사회주의 공화국 　　　　연방 수립	1919년 3·1운동 　　　　대한 민국 임시 정부 　　　　수립

참고 문헌

『처음 읽는 터키사』 전국역사교사모임, 휴머니스트
『오스만 제국사』 도널드 쿼터트, 사계절
『술레이만 : 오스만의 화려한 황제』 테레스 비타르, 시공사
『터키 : 신화와 성서의 무대, 이슬람이 숨쉬는 땅』 이희철, 리수
『터키 들여다보기』 김대성, 한국외국어대학교 출판부
『오스만 제국』 진원숙, 살림
『터키』 이영희, 홍성사
『터키』 아른 바이락타로울루, 휘슬러
『르 코르뷔지에의 동방여행』 르 코르뷔지에, 안그라픽스
『터키에서 보물찾기』 곰돌이.co, 아이세움
『청소년을 위한 세계사 : 동양편』 우경윤, 두리미디어
『살아있는 한국사 2』 이덕일, 휴머니스트
『살아있는 세계사 교과서 1』 전국역사교사모임, 휴머니스트
『국사 시간에 세계사 공부하기』 김정, 웅진주니어
『이슬람 여성의 숨겨진 욕망』 제럴딘 브룩스, 뜨인돌
『위대한 건축물들』 질리언 클레먼츠, 미래아이
『내 이름은 빨강』 오르한 파묵, 민음사